Sándor Márai

Das Vermächtnis der Eszter

Sándor Márai

Das Vermächtnis der Eszter

Roman

Aus dem Ungarischen
von Christina Viragh

Piper
München Zürich

Die Originalausgabe erschien 1939 unter dem Titel
»Eszter hagyatéka« in Budapest.

ISBN 3-492-04198-1
3. Auflage 2000

Gesetzt aus der Stempel-Garamond
Satz: Uwe Steffen, München
Druck und Bindung: Clausen & Bosse, Leck
Printed in Germany

I

Was Gott mit mir noch vorhaben mag, weiß ich nicht. Aber bevor ich sterbe, will ich die Geschichte des Tages aufschreiben, an dem Lajos zum letzten Mal bei mir war und mich ausgeraubt hat. Seit drei Jahren schiebe ich diese Arbeit vor mir her. Jetzt habe ich das Gefühl, eine nicht zu überhörende Stimme dränge mich, die Geschehnisse jenes Tages – und alles, was ich über Lajos weiß – festzuhalten, denn das sei mein Auftrag, und mir bleibe nicht mehr viel Zeit. Eine solche Stimme ist nicht mißzuverstehen. Und deshalb gehorche ich, in Gottes Namen.

Ich bin nicht mehr jung, gesund auch nicht, und ich werde bald sterben. Habe ich noch Angst vor dem Tod? ... Der Sonntag, an dem Lajos zum letzten Mal hier bei uns war, hat mich auch von dieser Angst geheilt. Vielleicht liegt es an der vergangenen und nicht sehr gnädigen Zeit, vielleicht an der Erinnerung, die genauso ungnädig ist, vielleicht aber an einer besonderen Gnade, die, so lehrt es meine Religion, manchmal auch den Unwürdigen und Verstockten zuteil wird, oder vielleicht einfach an der Erfahrung und am Alter, daß ich dem Tod ruhig entgegenblicke. Das Leben hat mich auf so wunderbare Art beschenkt und mich so vollkommen ausgeraubt... Was kann ich noch erwarten? Ich muß sterben, weil das die Ordnung der Dinge ist und weil ich meine Pflicht getan habe.

Ein großes Wort, ich weiß, und jetzt, da ich es geschrieben sehe, erschreckt es mich ein wenig. Ein hochmütiges Wort, für das man dereinst vor jemandem einstehen muß. Wie lange hat es gedauert, bis ich meine Pflicht erkannt habe, und wie widerstrebend, ja, schreiend und verzweifelt zappelnd, habe ich endlich gehorcht. Zum ersten Mal habe ich da gespürt, daß der Tod Erlösung bedeuten kann, zum ersten Mal wurde mir bewußt, daß der Tod Auflösung und Frieden ist. Nur das Leben ist Kampf und Schmach. Wie seltsam war doch dieser Kampf! Wer hatte ihn angeordnet, warum war er unvermeidlich? Hatte ich nicht alles getan, um ihm zu entgehen? Doch der Feind hat mich aufgespürt. Heute weiß ich, daß es nicht anders sein konnte; wir sind an unsere Feinde gefesselt, und auch sie entkommen uns nicht.

2

Wenn ich ehrlich sein will – und welchen Sinn hätte sonst diese Niederschrift? –, muß ich bekennen, daß ich in meinem Leben und in meinen Handlungen keine Spur jenes biblischen Zorns, jener Erregung, ja, nicht einmal der Bestimmtheit und Härte zu entdecken vermag, wie sie mitklangen, wenn ich vor Fremden meine Ansichten über Lajos und mein Schicksal laut werden ließ. »Meine Pflicht erfüllen« – was für ein hartes, theatralisches Wort! Man lebt ... und merkt eines Tages, daß man seine Pflicht »erfüllt« oder »nicht erfüllt« hat. Allmählich glaube ich, daß die großen, endgültigen Entscheidungen, die unserem Schicksal seinen besonderen Umriß geben, viel weniger bewußt sind, als wir das später in den Stunden der Rückschau, der Erinnerung meinen. Ich hatte Lajos damals schon zwanzig Jahre nicht mehr gesehen und glaubte, gegen die Erinnerung gefeit zu sein. Dann kam eines Tages ein Telegramm, das eher einem Operntext glich, genauso theatralisch und gefährlich kindisch und verlogen wie alles, was Lajos zwanzig und noch mehr Jahre zuvor mir und anderen geschrieben und gesagt hatte … So großspurig, so vielversprechend, so geheimnisvoll und auf durchsichtige Art verlogen, verlogen!

Ich ging zu Nunu in den Garten, mit dem Telegramm in der Hand, blieb auf der Veranda stehen und sagte laut: »Lajos kommt zurück!«

Ich weiß nicht, wie meine Stimme in dem Augenblick klang. Wahrscheinlich hat sie sich nicht gerade vor Freude überschlagen. Ich muß geredet haben wie eine Schlafwandlerin, die eben geweckt worden ist. Zwanzig Jahre hatte dieses mondsüchtige Schlafwandeln gedauert. Zwanzig Jahre lang war ich am Rand eines Abgrunds entlangspaziert, Schritt für Schritt, ruhig, lächelnd. Jetzt war ich aufgewacht und hatte die Wirklichkeit gesehen. Aber es schwindelte mir nicht mehr. In der Realität, sei es die des Lebens oder die des Todes, ist etwas Beruhigendes.

Nunu war dabei, die Rosen hochzubinden. Und blickte mich so zwischen den Rosen von unten her an, blinzelte in die Sonne, und alt und ruhig sagte sie: »Ja, natürlich.«

Sie arbeitete weiter. Und fragte noch: »Wann kommt er?«

»Morgen«, sagte ich.

»Gut«, sagte sie. »Dann will ich das Silber wegschließen.«

Ich mußte lachen. Aber Nunu blieb ernst. Später setzte sie sich zu mir auf die Steinbank und las das Telegramm. »Wir kommen mit dem Automobil«, schrieb Lajos. Aus dieser Mehrzahl durften wir schließen, daß er die Kinder mitbrachte. »Wir sind zu fünft«, hieß es weiter. Nunu dachte an die Hähnchen, an die Milch, an die Schlagsahne. Wer mochten die beiden anderen sein, fragten wir uns. »Wir bleiben bis zum Abend«, meldete das Telegramm noch, und dann folgte eine aufgeblasene Wortklauberei, denn Lajos vermochte mit Wörtern nie sparsam umzugehen, nicht einmal in einem Telegramm.

»Fünf Personen«, sagte Nunu, »sie kommen am Vormittag und bleiben bis zum Abend.« Ihre alten, blutleeren Lippen bewegten sich lautlos, sie rechnete, zählte zusammen. Die Kosten für das Mittag- und das Abendessen. Dann sagte sie: »Ich habe gewußt, daß er noch einmal zurückkommt. Er wagt es nicht mehr, allein zu kommen! Er bringt Unterstützung mit, die Kinder und fremde Leute. Aber hier gibt es nichts mehr zu holen.«

Wir saßen im Garten und sahen einander an. Nunu denkt, sie wisse alles von mir. Vielleicht kennt sie tatsächlich die Wahrheit, die endgültige, schlichte Wahrheit, die wir im Leben mit so vielen Lumpen verhüllen. Nunus »Allwissenheit« kratzte immer ein bißchen an meinem Stolz. Aber sie war so gut zu mir, und das auf eine so trockene, kluge Art. Am Ende ergab ich mich ihr immer. In dem undurchdringlichen Nebel, der in jenen Jahren mein Leben einhüllte, war Nunu die Laterne, ein sanftes, schwaches Licht, nach dem man sich richten konnte. Ich wußte, daß sie auch jetzt nicht an so gefährliche und beängstigende Möglichkeiten dachte wie ich, daß sie scherzte, wenn sie als erstes vom Silber sprach, das man wegschließen mußte, weil Lajos kam. Das ist übertrieben, dachte ich, Nunu macht sich über ihn lustig. Und gleichzeitig wußte ich, daß Nunu im letzten Augenblick das Silber tatsächlich versorgen würde und daß sie noch später, wenn es nicht mehr um irgendwelches Silber ginge, sondern um das Ganze, das man nicht verstecken konnte, daß sie dann in meiner Nähe sein würde, mitsamt ihren Schlüsseln, in ihrem schwarzen Festtagskleid, runzlig und schweigsam, blinzelnd auf der Hut. Ich wußte aber auch, daß mir in dem Augenblick keine Menschenseele mehr helfen konnte, auch Nunu nicht.

Doch das alles »wußte« ich umsonst; und plötzlich war ich sogar guter Laune, als drohte gar keine Gefahr. Ich erinnere mich, daß ich mit Nunu scherzte. Wir saßen im Garten, horchten auf die herbstlich und trunken summenden Wespen und sprachen lange und ruhig von Lajos, von den Kindern und von Vilma, meiner verstorbenen Schwester. Wir saßen vor dem Haus, unter dem Fenster, hinter dessen Läden Mama fünfundzwanzig Jahre zuvor gestorben war. Wir saßen den Linden und Vaters Bienenstöcken gegenüber, die allerdings leer waren. Nunu mochte sich nicht mit Bienen abplagen, und so hatten wir eines Tages alle achtzehn Völker verkauft. Es war September, sanfte, laue Tage. Wir fühlten uns sicher, in jener vertrauten Sicherheit des Schiffbruchs, aber auch des wunschlosen Glücks. Ach, dachte ich, was kann Lajos hier noch wegnehmen? Das Silber? Lächerlich, was sind die paar verbogenen Löffel schon wert? Dann rechnete ich nach, daß Lajos schon fünfzig vorbei war. In jenem Sommer war er dreiundfünfzig geworden. Mit Silberlöffeln konnte man ihm kaum mehr helfen; und wenn doch, dann sollte er sie eben nehmen.

Nunu dachte wohl ähnliches. Sie seufzte, stand auf, ging ins Haus, wobei sie auf der Schwelle noch sagte: »Bleib nicht zu lange mit ihm allein. Laß Laci, Onkel Endre und Tibor zum Mittagessen kommen, so wie an anderen Sonntagen, wenn ihr zusammen seid und mit den Geistern spielt. Lajos hat vor Endre schon immer Angst gehabt; er ist ihm auch noch etwas schuldig, glaube ich. Wem denn nicht?« Sie mußte lachen.

»Das haben die vergessen«, sagte ich und lachte auch.

Schon war ich dabei, ihn zu schützen. Was blieb mir auch anderes übrig? Er ist der einzige Mensch in meinem Leben, den ich geliebt habe.

3

Das Telegramm mit der Schreckens- oder Freudenbotschaft war am Samstag gegen Mittag gekommen. An den Nachmittag und die Nacht vor Lajos' Ankunft erinnere ich mich nur noch ungenau. Nein, Nunu hatte recht, ich hatte keine Angst mehr vor Lajos. Angst hat man vor jemandem, den man liebt oder haßt, der sehr gut oder sehr grausam ist oder der mit Absicht gemein gewesen ist. Lajos hingegen hatte mir nie etwas Schlechtes angetan, Gutes zwar auch nicht, jedenfalls nicht in dem Sinn, wie in den Schulbüchern das Gute definiert ist. War er gemein? Das Gefühl hatte ich nie. Er log, das schon; er log, so wie der Wind weht, mit natürlicher Kraft und Lust. Er konnte unglaublich farbig lügen. Mir zum Beispiel log er vor, er liebe mich, nur mich. Dann heiratete er Vilma, meine Schwester. Später aber habe ich gemerkt, daß er das alles nicht geplant hatte, daß er nie in intriganter, verschlagener, gemeiner Absicht handelte. Er hatte gesagt, er liebe mich – und noch heute zweifle ich nicht an seinen Worten –, bloß heiratete er dann Vilma, vielleicht weil sie hübscher war, vielleicht weil an dem Tag gerade der Ostwind wehte, vielleicht weil Vilma es so wollte. Lajos hat nie gesagt, warum.

In der Nacht, als wir Lajos zurückerwarteten – zum letzten Mal im Leben, wie ich wohl wußte –, ging ich lange nicht ins Bett, ich schob Erinnerungsstücke hin und her, bereitete mich auf den Besuch vor, las die alten Briefe von Lajos. Noch heute bin ich fest überzeugt – und beim Lesen der Briefe überkam mich diese Ahnung wieder merkwürdig stark –, daß in ihm eine Urkraft steckte, vergleichbar mit den Wasserläufen in den Alpen, die den Berg kreuz und quer durchziehen und ziel- und spurlos in seinen Tiefen verschwinden. Niemand nutzte, niemand lenkte diese Kraft. Jetzt, als ich am Vorabend seines spukhaften Besuchs seine Briefe wiederlas, wunderte ich mich über das Ausmaß dieser ziellosen Energie. In jedem seiner Briefe sprach er so kraftvoll zu mir, daß er damit nicht nur einen Menschen, und schon gar nicht nur eine einzige gefühlvolle Frau, sondern ganze Menschengruppen, womöglich Massen in Bewegung hätte setzen können. Was er in diesen Briefen zu sagen hatte, war nicht besonders »tief«, und von schriftstellerischer Begabung war in den abgedroschenen Wendungen und dem schludrigen Stil auch nichts zu spüren, und doch war die Art, wie er sich zu Wort meldete, in jeder einzelnen Zeile unmißverständlich seine Art, seine allein! Immer beschrieb er die Wirklichkeit, eine eingebildete Wirklichkeit, die er soeben kennengelernt hatte und von der er mir dringend Mitteilung machen wollte.

Von seinen Gefühlen, von seinen Plänen schrieb er nie; die Stadt aber, in der er sich eben aufhielt, beschrieb er so eindringlich, daß der Briefleser die Straßen sah und auch das Zimmer, in dem Lajos über seinem Brief saß; man hörte die Stimmen der Menschen, die am Vortag etwas Lustiges oder Intelligentes zu ihm gesagt hatten; er berichtete von den großartigen Plänen, mit denen er sich gerade trug – und das alles kam mit wundersamer Wirklichkeitsnähe zum Leben. Bloß war es – und das mochte auch ein ungeübter Leser spüren – nicht wahr, besser gesagt, es war irgendwie, irgendwo anders wahr, als es Lajos beschrieb, und die Stadt, die er mit der Akribie eines Geographen darstellte, gab es nur auf dem Mond. Das war die Wirklichkeit, die er in seinen Briefen getreulich und exakt heraufbeschwor. Und genau auf diese Art entwarf er auch Menschen und Landschaften, mit solch sachgerechter, ernster Sorgfalt.

Ich las die Briefe und fühlte eine gewisse Rührung. Vielleicht waren wir zu schwach für ihn. Gegen Mitternacht erhob sich ein starker, warmer Wind; ich stand auf und schloß die Fensterläden. Aus weiblicher Schwäche, die ich gar nicht beschönigen will, stellte ich mich um diese mitternächtliche Stunde vor den großen Spiegel, der einst über Mamas Frisiertisch hing, und betrachtete mich gründlich. Es war mir bewußt, daß ich noch nicht alt war. Die vergangenen zwanzig Jahre hatten aus einer seltsamen, herben Gunst des Schicksals wenig Spuren hinterlassen. Unansehnlich war ich nicht, aber auch nicht von der Schönheit, die die Männer anzieht; ich hatte ihnen eher Respekt und zaghafte Sehnsüchte eingeflößt. Ich war nicht dick geworden, dank der Gartenarbeit oder dank einer physischen Anlage: Ich war groß und gerade gewachsen und gut proportioniert. In den letzten Jahren war ich ein bißchen grau geworden; aber die grauen Haare vermischten sich unauffällig mit dem hellen Blond, das schon immer mein herausragendstes Merkmal war. Um Augen und Mund hatte mir die Zeit winzige, feine Runzeln gezeichnet; auch meine Hand, gröber geworden durch die Hausarbeit, war nicht mehr wie früher. Und doch betrachtete ich mich jetzt wie eine Frau, die ihren Liebhaber erwartet. Das war natürlich lächerlich; ich war fünfundvierzig vorbei, Lajos lebte schon lange mit einer anderen Frau, hatte sie vielleicht sogar geheiratet. In den letzten Jahren hatte ich überhaupt nichts mehr von ihm gehört. Manchmal las ich in der Zeitung seinen Namen, einmal im Zusammenhang mit einem politischen Skandalprozeß. Es hätte mich nicht gewundert, wenn die Fama – im guten oder schlechten Sinn – seinen Namen aufgegriffen hätte. Doch der Skandal beruhigte sich rasch; einmal nur las ich noch, daß er sich duelliert hatte, irgendwo im Hof einer Kaserne, er hatte in die Luft geschossen und war nicht einmal verwundet worden! – und das alles paßte so vollkommen zu ihm, das Duell genauso wie die Tatsache, daß ihm nichts geschehen war. Ich wüßte auch nicht, daß er je ernstlich krank gewesen wäre. Er hat ein anderes Schicksal, dachte ich. Und ich legte mich wieder ins Bett, mit meinen Briefen, Erinnerungen und dem bittersüßen Bewußtsein meiner verpaßten Jugend.

Ich würde lügen, wenn ich sagte, daß ich in jener Stunde besonders unglücklich war. Es hat Jahre gegeben, ja, zwanzig, zweiundzwanzig Jahre zuvor, da war ich unglücklich. Dann aber war dieses Gefühl in mir geronnen wie das Blut an einer Wunde. Ich weiß nicht, was für eine Kraft das war, die dem Schmerz seine Schärfe nahm. Geheilt war ich allerdings nicht. Es gibt Wunden, die »die Zeit« nicht »heilt«. Erst ein paar Jahre nach der »Trennung« – es fällt mir sehr schwer, für das, was zwischen mir und Lajos geschehen ist, die richtigen Worte zu finden – war das Unerträgliche auf einmal natürlicher, einfacher geworden. Ich hatte nicht mehr das Bedürfnis, jemanden zu Hilfe zu rufen, ich schrie nicht nach dem Polizisten, dem Arzt, dem Priester. Ich lebte irgendwie ... Eines Tages versammelten sich wieder Menschen um mich, Menschen, die mir versicherten, daß sie mich brauchten. Und dann wollte man mich heiraten, zweimal sogar. Tibor, der etwas jünger ist als ich, und Endre, den nur Nunu »Onkel« nennt und der nicht älter ist als Lajos. Diesem heiklen, eher einem Ausrutscher gleichenden Spiel bin ich irgendwie ausgewichen. Die Bewerber sind gute Freunde geblieben. Das Leben war, so dachte ich in jener Nacht, erstaunlicherweise gnädiger, als ich es je gehofft hatte.

4

Nach Mitternacht ist Nunu in mein Zimmer gekommen. In unserem Haus gibt es noch immer keinen Strom – Mama wollte nichts von dieser Neuerung wissen, und später, nach ihrem Tod, haben wir die Umstellung aus Sparsamkeit immer wieder aufgeschoben –, und so sind Nunus mitternächtliche Besuche stets ein wenig theatralisch. Auch jetzt, in ihrem Nachtgewand, mit dem flackernden Licht in der Hand, mit dem zerzausten grauen Haar, wirkte sie wie eine nächtliche Erscheinung. »Lady Macbeth«, sagte ich lächelnd. »Tretet näher, setzt Euch hierher.« Ich wußte, daß sie in dieser Nacht noch kommen würde.

Nunu hatte im Haus die Rolle einer ganzen Verwandtschaft übernommen. Sie war dreißig Jahre zuvor eingetroffen, eine jener Verwandten, die von Zeit zu Zeit aufbrechen wie ein sagenhafter Volksstamm. Aus der Urzeit war sie gekommen, aus dem komplizierten Stammesgeflecht von Tanten und Cousinen, für ein paar Wochen, auf Besuch. Und war geblieben, weil sie gebraucht wurde. Und dann sind in der Rangordnung der Familie alle vor ihr gestorben, und Nunu stieg von Jahrzehnt zu Jahrzehnt langsam auf wie in der Hierarchie eines Staates. Eines Tages war sie an die Stelle der Großmutter getreten, hatte das Zimmer im oberen Stock bezogen und den Wirkungskreis der Verstorbenen übernommen. Dann ist Mama gestorben, und dann Vilma. Nunu ist sich eines Tages bewußt geworden, daß sie niemanden mehr »ersetzte«, daß sie, die Hinzugekommene, die Übriggebliebene, nunmehr die Familie war.

Diese so komplizierte wie erfolgreiche Karriere ist ihr nie zu Kopf gestiegen. Nunu wollte für mich nie »Mutter« sein, und sie hat auch nie die Retterin der Familie gespielt. Mit den Jahren wurde sie immer wortkarger, nüchterner, von einer so unbarmherzigen, trockenen Nüchternheit, als hätte sie von allen Abenteuern des Lebens gekostet. Sie war sachlich und gleichgültig geworden wie ein Möbelstück. Laci hat einmal gesagt, Nunu habe bereits eine Politur wie ein alter Nußbaumschrank. Sie trug sommers wie winters das gleiche, Kleider aus einem glatten schwarzen Stoff, weder Seide noch Filz, und sie wirkte auf Freunde wie

Fremde stets ein bißchen feierlich. In den letzten Jahren sagte sie nur noch das Allernötigste. Von ihrem Leben sprach sie nie. Es war mir klar, daß sie an allen meinen Sorgen und Nöten ihren Anteil verlangte, aber sie verlangte ihn wortlos, und wenn sie schließlich doch etwas sagte, so war es, als hätten wir schon monatelang heftig und aufgebracht über den Fall diskutiert, und Nunu setzte am Ende mit einem kurzen Satz gleichsam den Punkt hinter die Debatte.

Auf diese Art redete sie jetzt, während sie sich auf dem Bettrand niederließ: »Hast du den Ring prüfen lassen?«

Ich richtete mich im Bett auf und rieb mir die Schläfen. Ich wußte, woran sie dachte, ich wußte auch, daß sie recht hatte. Wir hatten nie davon gesprochen, und vielleicht hatte ich ihr den Ring gar nicht gezeigt, und doch wußte ich, daß sie wieder recht behalten würde, daß der Ring gefälscht war, wie ich wohl ahnte. In solchen Sachen war Nunu unheimlich. Wann hatte sie von dem Ring gehört? fragte ich mich. Dann aber wies ich die Frage von mir, denn es war ganz natürlich, daß Nunu von allem wußte, was zum Haus, zur Familie, zu mir und meinem Leben gehörte, von allem, was im Keller oder auf dem Dachboden oder im Leben meiner Schwester verborgen gewesen war. So wußte sie auch von dem Ring. Ich hatte seine Geschichte fast schon vergessen, denn ich dachte nicht gern daran. Als Vilma gestorben war, gab Lajos mir das Schmuckstück, den Ring der Großmama. Der mittelgroße, in Platin gefaßte Diamant war der einzige Wertgegenstand der Familie. Ich verstehe gar nicht, wie er in unserem Besitz bleiben konnte. Sogar Vater hatte den Ring in Ehren gehalten, mit abergläubischer Vorsicht, Vater, der sich von Besitz und Wertgegenständen so leicht trennte. Das Schmuckstück war wie einer der berühmten Diamanten aus dem Besitz der königlichen Familien, eine Art Koh-i-Noor oder sonst ein Edelstein mit Pedigree, den man niemals in gängigen Wert ummünzen würde und der nur da ist, um an offiziellen Feiertagen der Dynastie am Finger oder auf der Stirn eines Familienmitglieds zu erstrahlen. Auf diese Art wurde in unserer Familie »der Ring« über vier Generationen gehütet. Den tatsächlichen Wert des Steins kannte ich nicht. Jedenfalls mußte er recht bedeutend sein, wenn auch nicht so beträchtlich, wie es die Familienlegende haben wollte. Er ging von Großmama auf Mama über, nach Mutters Tod bekam ihn Vilma. Als Vilma gestorben war, drängte ihn Lajos, in einem seiner sentimentalen, pathetischen Momente, mir auf.

Ich erinnere mich noch gut an die Szene. Vilma war am Nachmittag beerdigt worden. Als wir vom Friedhof zurückkamen, legte ich mich im abgedunkelten Zimmer erschöpft auf ein Sofa. Lajos kam herein, von Kopf bis Fuß in Trauer – er hatte sich für die Trauer so sorgfältig gekleidet wie ein Soldat für die Parade, ich weiß noch, daß er sich eigens schwarze Manschettenknöpfe hatte anfertigen lassen –, und er überreichte mir mit ein paar ernsten Worten den Ring. Ich war so müde und verwirrt, daß ich Lajos gar nicht recht verstand, ich sah zerstreut zu, wie er den Ring auf das Tischchen neben dem Sofa legte, und als er mich später noch einmal auf den Ring aufmerksam machte und ihn mir an den Finger steckte, leistete ich keinen Widerstand. »Dir gebührt der Ring«, sagte er mit Grandezza. Später kam ich zur Besinnung. Natürlich gehörte der Ring Éva; er gehörte der Tochter meiner verstorbenen Schwester, so hatte es seine Richtigkeit. Aber Lajos wollte davon gar nichts wissen. Ein solcher Ring, sagte er, sei kein Wertgegenstand, sondern ein Symbol, das Symbol der familiären Rangordnung. Nach Mutters und Vilmas Tod gebühre er also mir, der jetzt ältesten Tochter. Ich konnte nichts machen.

Ich schwieg und versorgte den Ring. Selbstverständlich wollte ich ihn keinen Augenblick behalten. Mein Gewissen und der Brief, den ich für den Fall meines Todes geschrieben habe – er liegt neben dem Ring im Wäscheschrank –, sind Zeugen, daß ich den

Ring für Éva aufbewahrt und dafür gesorgt habe, daß sie ihn nach meinem Tod erhält. Später habe ich beschlossen, ihn ihr zur Verlobung oder Hochzeit zu schicken, falls es dazu kommt. Der Brief, in dem ich über meine ärmlichen Wertsachen verfüge, bezeichnet unmißverständlich Vilmas Waisen als Erben, unter der Bedingung, daß sie Haus und Garten nicht verkaufen, solange Nunu lebt. (Irgendwie stelle ich mir vor, daß Nunu noch lange leben wird – warum auch nicht? Sie hat keinen besonderen Grund zum Sterben, so wie sie auch keinen besonderen Grund zum Leben hat. Mich jedenfalls wird sie überleben. Ein abenteuerliches und beruhigendes Gefühl.)

Ich versorgte den Ring, weil ich mit Lajos nicht streiten wollte, und auch, weil ich das Gefühl hatte, dieser bescheidene Wertgegenstand, der in unseren Verhältnissen doch einmal jemandem nützen mochte – aus seinem Verkaufserlös könnte man, glaube ich, die Aussteuer eines jungen Mädchens bezahlen –, wäre bei mir besser aufgehoben als in der Unordnung, die um Lajos herum so üppig wuchert wie das Unkraut im warmen Regen. Er würde ihn verkaufen, verspielen, dachte ich; und ich war ein wenig gerührt darüber, daß er ihn mir gegeben hatte. Und in jener Stunde – Gott gebe mir die Kraft zur Ehrlichkeit! –, ja, in jener Stunde, da wir den Sarg meiner Schwester in die Erde hinunterließen, gab ich mich der Hoffnung hin, daß unser Leben, das von Lajos, das der Kinder und vielleicht auch mein eigenes, noch in Ordnung gebracht werden konnte. Der Ring bedeutete nicht mehr viel, es ging um das Ganze... Und so versorgte ich ihn. Und so nahm ich ihn mit, später, als wir uns trennten, und verbarg ihn zwischen meinem Testament und meinen Erinnerungsstücken.

In der Zwischenzeit, in den Jahren, da ich Lajos nicht gesehen habe, schaute ich den Ring nie an; ich wußte mit schlafwandlerischer Sicherheit, daß er gefälscht war.

»Ich wußte« – welche Übertreibung! Ich nahm den Ring nie in die Hand. Ich hatte Angst vor ihm. Hatte Angst vor diesem Wissen, das ich nie in Worte faßte. Ich wußte wohl, daß alles, was Lajos berührte, seine ursprüngliche Gestalt verlor, in seine Bestandteile zerfiel wie das Edelmetall in den Retorten alter Zauberer... Ich wußte wohl, daß Lajos auch Menschen fälschen konnte, nicht nur Steine und Metalle. Ich wußte, daß in seinen Händen kein Ring die edle Unschuld bewahren konnte. Vilma war lange krank gewesen und nicht in der Lage, sich um die häuslichen Belange zu kümmern, Lajos konnte ohne Aufsicht schalten und walten, und so war der Ring in seine Hände geraten... Im Augenblick, da es Nunu aussprach, wußte ich, daß es stimmte: Lajos hatte mich um den Ring betrogen, wie um alles andere auch.

Ich richtete mich im Bett auf, wahrscheinlich war ich bleich, und ich fragte: »Hast du ihn prüfen lassen?«

»Ja«, sagte Nunu ruhig. »Einmal, als du nicht zu Hause warst und mir die Schlüssel gegeben hast. Ich brachte ihn zum Juwelier. Sogar das Platin hat er austauschen lassen. Die Fassung hat er durch ein weißliches Metall ersetzt, mit etwas, das weniger wertvoll ist. Weißgold, so haben sie es genannt. Den Stein hat er auch ausgetauscht. Der Ring, den du seit Jahren da aufbewahrst, ist keine fünf Kreuzer wert.«

»Das ist nicht wahr«, sagte ich.

Nunu zuckte mit den Schultern: »Ach komm, Eszter«, sagte sie unwirsch.

Ich schwieg und blickte in die Kerzenflamme. Ja, wenn Nunu es sagte, so stimmte es. Und warum sollte ich vor mir selbst leugnen, was ich ahnte, seit dem Augenblick, da mir Lajos den Ring überreicht hatte. Alles, was er berührt, verfälscht sich. Und sein Atem ist wie die Pest, dachte ich, und ich ballte unwillkürlich die Hände. Nicht wegen des Rings… Was zählte in meinem Leben schon ein Ring. Oder auch mehrere Ringe. Alles, was er je berührt hat, ist falsch geworden, dachte ich.

Und dann dachte ich noch, und ich sprach es auch aus: »Könnte es sein, daß er ihn mir aus Berechnung gegeben hat? Er hatte vielleicht Angst, daß man ihn suchen würde, die Kinder oder sonst jemand… Und da der Ring bereits gefälscht war, hat er ihn mir gegeben, damit man ihn bei mir sucht. Und wenn sich dann herausstellt, daß er gefälscht ist, soll man mich anklagen…«

Ich dachte laut, wie ich es in Nunus Gesellschaft immer tat. Wenn jemand Lajos kennt, so ist es Nunu, sie kennt ihn durch und durch, kennt alle seine Gedanken, auch die, die er selbst nicht zu Ende zu denken wagt. Nunu ist immer gerecht.

Sie sagte sanft und sachlich: »Ich weiß es nicht. Mag sein. Das wäre aber schon eine große Gemeinheit. Lajos ist nicht so berechnend. Er ist kein Verbrecher. Dich hat er sogar geliebt. Ich glaube nicht, daß er dich mit dem Ring in etwas Schlimmes hineinziehen wollte. Er hat ihn einfach verkauft, weil er Geld brauchte, und dann hatte er nicht den Mut, es zu gestehen. Da hat er eben eine Kopie machen lassen. Und dir den wertlosen Ring gegeben… Warum? Aus Berechnung? Aus Gemeinheit? Vielleicht wollte er bloß großherzig erscheinen. Der Augenblick war so geeignet: Ihr kommt heim von Vilmas Begräbnis, und er, Lajos, überreicht dir als erstes den einzigen

Wertgegenstand der Familie. Als du mir die schöne Szene geschildert hast, ist mir gleich ein Verdacht gekommen. Deshalb habe ich ihn später prüfen lassen. Er ist gefälscht. – Gefälscht«, wiederholte sie düster und mechanisch.

Ich fragte: »Warum sagst du das erst jetzt?«

Nunu strich sich das graue Haar aus der Stirn. »Man braucht nicht alles gleich zu sagen«, sagte sie freundlich. »Lajos hat dir schon übel genug mitgespielt.«

Ich stand auf, ging zum Schrank und suchte im Geheimfach nach dem Ring. Nunu half mir dabei, im flackernden Kerzenlicht. Dann hielt ich den Stein gegen die Flamme und betrachtete ihn gründlich. Ich verstehe nichts von Edelsteinen.

»Ritze den Spiegel damit«, sagte Nunu.

Der Stein hinterließ keine Spur auf dem Glas. Ich steckte den Ring an und betrachtete ihn. Der Stein schimmerte mit kaltem, leerem Glanz. Es war ein hervorragendes Imitat, von Meisterhand geschaffen.

Eine Weile saßen wir noch auf dem Bettrand und starrten auf den Ring. Dann gab mir Nunu einen Kuß, seufzte und ging wortlos hinaus. Ich saß noch lange so und drehte den falschen Stein hin und her. Es fiel mir auf, daß Lajos noch nicht einmal angekommen war und mir schon etwas weggenommen hatte. Offenbar konnte er nicht anders. Das ist das Gesetz, sein Gesetz. Schreckliches Gesetz, dachte ich und begann zu frieren. So schlief ich ein, fröstelnd, mit dem Ring am Finger, so benommen, als hätte ich lange Zeit in einem Zimmer gelebt und als würde mir jetzt eine unbarmherzig starke Luftströmung, der Windstoß der Wirklichkeit, ins Gesicht wehen.

5

Der Tag, an dem Lajos zu uns zurückkam, war ein Sonntag im September. Es war ein wunderbar warmer, glasklarer Tag; zwischen den Bäumen schwebten die Spinnenwebfäden des Altweibersommers, die Luft glänzte ohne die geringste Trübung und legte sich als reiner, leichtflüssiger, edler Belag auf die Dinge, als wäre alles in Sichtweite, Himmel und Horizont, mit Wasserfarbe übermalt. Früh am Morgen ging ich in den Garten und schnitt Dahlien für drei Vasen. Unser Garten ist nicht sehr groß, aber er umgibt das Haus völlig. Es muß noch vor acht Uhr gewesen sein. Ich stand in der großen Stille des vom Tau nassen Gartens und hörte, wie auf der Veranda gesprochen wurde. Es waren die Stimmen meines Bruders und Tibors. Sie unterhielten sich leise, aber in der Morgenstille erreichte mich jedes Wort wie durch einen unsichtbaren Lautsprecher.

Im ersten Augenblick wollte ich dazwischenrufen, ein Zeichen geben, daß ich sie hörte, daß sie nicht allein waren. Aber schon der erste, gedämpft ausgesprochene Satz zwang mich, stumm zu bleiben.

Laci, mein Bruder, fragte: »Warum hast du Eszter nicht geheiratet?«

»Weil sie mich nicht heiraten wollte«, lautete die Antwort.

Das war Tibors Stimme, und mir klopfte das Herz. Ja, so war Tibor, so ruhig und gütig, und aus seinen Worten sprach immer eine etwas traurige Wahrheit, die er geduldig und sachlich vortrug. Warum fragt Laci so etwas? dachte ich verletzt und aufgeregt. In den Fragen meines Bruders ist immer etwas Forderndes, etwas allzu Vertrauliches und auch Angriffslustiges. Laci erträgt keine Geheimnisse. Die Menschen aber wollen ihre Geheimnisse bewahren. Ein anderer hätte auf diese Frage ausweichend geantwortet oder sich die Vertraulichkeit verbeten. Tibor antwortete leise und so objektiv und ehrlich, als gäbe er Auskunft über einen Fahrplan.

»Warum hat sie dich nicht heiraten wollen?« hörte ich die aggressive Stimme meines Bruders.

»Weil sie einen anderen liebte.«

»Wen?« kam die dumpfe, unerbittliche Frage.

»Lajos.«

Jetzt schwiegen sie. Man hörte das Geräusch von einem Streichholz, einer der beiden zündete sich eine Zigarette an. In der großen Stille hörte ich, wie das Streichholz ausgeblasen wurde.

Die Frage, die ich erwartete, kam so pünktlich wie der Donner nach dem Blitz. Wieder sprach Laci: »Weißt du, daß er heute kommt?«

»Ja.«

»Was will er hier?«

»Ich weiß es nicht.«

»Hat er bei dir auch Schulden?«

»Lassen wir das«, sagte eine mißmutige Stimme. »Das ist schon lange her. Es ist nicht mehr wichtig.«

»Bei mir hat er nämlich welche«, sagte Laci angeberisch, mit kindischem Stolz. »Er wollte sogar Vaters goldene Uhr haben. Hat gesagt, ich soll sie ihm für eine Woche ausleihen. Zehn Jahre ist das her. Nein, warte, zwölf Jahre. Er hat sie noch immer nicht zurückgegeben. Einmal hat er alle Lexika mitgenommen. Ausgeliehen. Einmal hat er um dreihundert Kronen gebeten. Die habe ich ihm aber nicht gegeben«, sagte die Stimme mit kindlicher Befriedigung.

Und die andere, die tiefere, ruhigere Stimme, sagte gleichmütig und bescheiden: »Es wäre kein großes Unglück gewesen, wenn du sie ihm gegeben hättest.«

»Meinst du?« fragte Laci beschämt. Ich stand zwischen den Blumenbeeten, und es war mir, als sähe ich sein errötendes, verlegen lächelndes ältliches Kindergesicht. »Glaubst du, er liebt Eszter noch?«

Die Antwort ließ lange auf sich warten. Jetzt wäre ich gern dazwischengetreten, aber es war zu spät. Und in dieser lächerlichen Situation, allein, gealtert, zwischen den Blumen meines Gartens – wie in einem altmodischen Gedicht, an dem Morgen, da ich den Besuch des Mannes erwartete, der mich betrogen und ausgeraubt hatte, in dem Haus, wo das alles vorgefallen war, wo ich mein ganzes Leben zugebracht hatte, wo ich in einem Schrank die Briefe von Vilma und Lajos aufbewahrte, so wie auch den Ring, von dem ich seit der vorangegangenen Nacht sicher wußte, was ich schon immer geahnt hatte: daß er gefälscht war –, in einer solchen theatralischen Situation mußte ich gewahr werden, daß die Antwort auf die einzige Frage, die mich noch interessierte, auf sich warten ließ.

Tibor, der gewissenhafte Richter, wog seine Worte. »Ich weiß es nicht«, sagte er dann. »Ich weiß es nicht«, wiederholte er leise, als diskutiere er mit jemandem. »Hoffnungslose Liebe vergeht nie«, sagte er schließlich.

Sie sprachen leiser und gingen ins Haus. Ich hörte noch, daß sie mich suchten, legte die Blumen auf die

Steinbank, ging zum Ende des Gartens, zum Brunnen, und setzte mich auf die Bank, wo zweiundzwanzig Jahre zuvor Lajos um meine Hand angehalten hatte; ich zog das gehäkelte Tuch über der Brust zusammen, denn es war mir kalt, ich blickte auf die Landstraße hinaus, und mit einem Mal verstand ich Lacis Frage nicht mehr.

6

Als Lajos vor vielen Jahren bei uns erschien, war Laci der erste, der ihn mit inniger Sympathie aufnahm. Beide waren damals in der Familie als »große Versprechen« verbucht. Niemand konnte genau sagen, was Laci und Lajos »versprachen« – wenn man sie allerdings hörte, versprachen sie tatsächlich viel. Die Ähnlichkeit ihrer Charaktere, der völlige Mangel an Wirklichkeitssinn, die Vorliebe für Luftschlösser, der unkontrollierte Zwang zum Schwindeln, das alles trieb sie einander in die Arme wie zwei Liebende. Laci führte Lajos stolz in unserer Familie ein. Sogar äußerlich glichen sie einander: in beiden Gesichtern jenes romantische lockige Etwas aus dem letzten Jahrhundert, wie ich es bei Laci immer gemocht hatte und bei Lajos gern wiederfand. Eine Zeitlang kleideten sie sich gleich, und die Stadt hallte wider von ihren großspurigen Abenteuern. Aber man verzieh ihnen, denn sie waren jung und liebenswürdig, und alles in allem taten sie nie etwas wirklich Schlechtes. Es war unheimlich, wie sie sich glichen, körperlich und seelisch.

Diese Freundschaft, die sich schon zu ihrer Studentenzeit mit beunruhigender Heftigkeit gezeigt hatte, endete auch dann nicht, als sich Lajos für mich zu interessieren begann. Sie endete nicht, veränderte sich jedoch auf merkwürdige Art. Ein Blinder konnte sehen, daß Laci lächerlich eifersüchtig war; er tat alles, um den Freund an die Familie zu binden, gleichzeitig sah er es ungern, daß Lajos mir den Hof machte, er störte nach Kräften unser zögerndes Beisammensein und machte sich lustig über die zaghaften Zeichen der beginnenden Anziehung. Laci war eifersüchtig, aber erstaunlicherweise, oder vielleicht gar nicht so erstaunlicherweise, wandte sich seine Eifersucht nur gegen mich. Als Lajos dann Vilma heiratete, schien er sich zu freuen und benahm sich so taktvoll und hilfsbereit wie nur möglich. Und das, obwohl alle in der Familie wußten, daß ich Lacis Liebling, Lacis »Schwäche« war. Später dachte ich sogar, daß Laci mit seiner Anhänglichkeit und Eifersucht Lajos zur Untreue angespornt hat. Doch das könnte ich in keiner Weise belegen.

Diese beiden einander ähnlichen Menschen, diese beiden fast gleichen Charaktere wurden die besten

Freunde. Eine Zeitlang, nachdem Lajos sein Erbe erhalten hatte, wohnten sie auch zusammen, in der Hauptstadt, in einer tollen Junggesellenwohnung, die ich nie gesehen habe, die aber, so Laci, Schauplatz von geistig und gesellschaftlich hochbedeutenden Zusammenkünften war. Ich habe allen Grund, an der Bedeutung dieses Gesellschaftslebens zu zweifeln. Jedenfalls wohnten sie zusammen, hatten Geld – Lajos war in jenen Jahren fast reich, und wenn Laci die goldene Uhr und die erbetenen Hunderter erwähnt, so kann es nur aus kindischer Empfindlichkeit sein, denn in den rauschenden Zeiten zahlte Lajos für alle, so natürlich auch für seinen Kameraden. Sie hatten sich aus der glücklichen goldenen Müßiggänger-Gesellschaft der Jahrhundertwende ein paar willige Mitläufer ausgewählt, und soweit ich das später beurteilen konnte, lebten sie in Glanz und Gloria. Es ist zwar nicht so, daß sie über alle Stränge schlugen. Lajos zum Beispiel trank nicht, und Laci war kein Nachtschwärmer. Sie lebten vielmehr in einem kostspieligen, komplizierten und anspruchsvollen Müßiggang, der von außen gesehen täuschende Ähnlichkeit mit einem ernsthaften, zielgerichteten Tun hatte, mit einer exklusiven Lebensform oder eben mit einem neuen »Lebensstil« – damals ein Lieblingswort von Lajos –, zu dessen Verwirklichung sich zwei außergewöhnlich begabte junge Leute zusammengetan hatten. In Wirklichkeit schwindelten sie nach allen Seiten und wiegten sich in Träumen. Das habe ich jedoch erst viel später erfahren.

Mit Lajos, dem neuen Freund, hielt eine romantische Unruhe Einzug in unserem Haus. Er betrachtete unsere ländlichen Vergnügungen und Vorlieben mit leicht kopfschüttelnder Nachsicht. Wir spürten seine Überheblichkeit und versuchten, ein bißchen beleidigt, unsere Versäumnisse gutzumachen. Mit einem Mal begannen wir zu »lesen«, und zwar vor allem Autoren, auf deren Bedeutung Lajos uns aufmerksam gemacht hatte – zu »lesen«, so eifrig, so beschämt, als bereiteten wir uns auf das Examen unseres Lebens vor. Erst später wurde uns klar, daß Lajos die Werke dieser Denker und Schriftsteller, auf die er uns so nachdrücklich und streng aufmerksam gemacht hatte, nicht oder nur ganz oberflächlich kannte. Aber sein Charme wirkte eben rasch, wie ein Jahrmarktszauber. Unsere arme Mutter erlag als erste dem Wahn. Wir »lasen« unentwegt, unter Lajos' Einfluß und zu seiner Ehre, dann begannen wir, uns »anzuziehen«, ganz anders als zuvor, dann »führten wir ein Haus«, ebenfalls irgendwie anders als bis dahin, und auch die Zimmer richteten wir neu ein. Das alles kostete viel Geld, und wir waren nicht reich. Unsere Mutter lebte in der

Erwartung von Lajos und bereitete sich auf seine Besuche wie auf eine Prüfung vor: Sie büffelte die modernen deutschen Denker, denn Lajos hatte einmal herablassend gefragt, ob wir die Werke eines gewissen B. aus Heidelberg kannten. Natürlich kannten wir sie nicht. Wir beeilten uns, die hochfliegenden, ein bißchen nebulösen Erörterungen über Leben und Tod zur Kenntnis zu nehmen. Auch unser Vater riß sich zusammen. Er trank weniger, gab besonders acht auf sich, wenn Gäste da waren, und versteckte sich mit seinem geflickten, traurigen Leben vor Lajos' durchdringendem Blick. Mein Bruder und Lajos kamen jedes Wochenende zu Besuch.

Bei solchen Gelegenheiten füllte sich das Haus mit lautem Volk. Unser altes Wohnzimmer verwandelte sich in einen »Salon«, wo Lajos die interessanteren Stadtbewohner empfing, Leute, die uns bis dahin eher verdächtig als interessant erschienen waren und die wir in unserem Haus nicht empfangen hatten. Jetzt hatten sie freien Zutritt. Mein Vater schlurfte ziellos zwischen den Gästen umher, in seinem abgewetzten Jackett, mit seiner altmodischen Freundlichkeit, und wagte nicht einmal, eine Pfeife anzuzünden ... Und Lajos hielt hof, horchte aus, vernichtete mit einem Blick oder stimmte zu, hob den einen in den Himmel, stürzte den andern in die Hölle. Drei Jahre ging das so.

Die beiden, mein Bruder und sein seltsamer Freund, waren nicht einfach zwei lebenslustige Gesellen. Am Ende des ersten Jahres fiel auch Außenstehenden auf, daß Laci von Lajos auf eine ähnliche Art abhängig war wie meine Mutter, wie Vilma und später auch ich. Jetzt könnte ich erwähnen, daß ich dem unguten Zauber am längsten und nüchternsten widerstand, aber warum sollte ich mich mit diesem armseligen Triumph schmücken? Ja, vom ersten Augenblick an »durchschaute« ich Lajos: Und doch beeilte ich mich geradezu gierig, ihm zu Diensten zu sein. Er war so ernst und zärtlich. Die Universitätsstudien hatten er und Laci, wie wir bald erfahren mußten, aufgegeben; er sagte – ich erinnere mich noch genau, er stand in der Dämmerung an einem Fenster, die Locke in der Stirn, und seine Worte klangen so resigniert, als hätte er sich zu einem großen Opfer entschlossen: »Ich muß die stille, fruchtbare Einsamkeit des Arbeitszimmers mit dem Lärm und den Gefahren der zwischenmenschlichen Kampfstätte vertauschen.« Immer redete er, als zitiere er aus einem Buch. Der Satz erschütterte mich, wühlte mich auf. Ich hatte das Gefühl, Lajos verlasse die ihm vorgezeichnete Bahn zugunsten eines etwas nebelhaften Ziels und kämpfe nunmehr für etwas oder jemanden – für die ganze Menschheit wahrscheinlich – statt mit den Waffen des Wissens mit denen des praktischen Lebens. Das Opfer beunruhigte mich, denn in unserer Familie sah man es lieber, wenn die jungen Männer ihre Ausbildung abschlossen, bevor sie die »zwischenmenschliche Kampfstätte« betraten. Aber ich glaubte Lajos, daß er einen anderen Weg gehen, andere Mittel anwenden mußte. Selbstverständlich folgte ihm Laci auf dem Fuße. Im dritten Jahr unterbrachen sie ihr Studium. Ich war damals noch ein ganz junges Mädchen. Laci kehrte später in die »Welt des Geistes« zurück, eröffnete mit dem letzten Kredit der Familie in der Stadt eine Buchhandlung und schlug sich nach erstem begeistertem Pläneschmieden mit dem Verkauf von Schulbüchern und Schreibwaren durch. Lajos machte ihm wegen dieses Schritts heftige Vorwürfe. Dann aber kam die Politik auf die Tagesordnung, und er ließ nichts mehr von sich hören.

Ich habe Lajos' politische Einstellung nie wirklich gekannt. Tibor, den ich oft darüber ausfragte, zuckte immer mit den Schultern und sagte, Lajos habe keinerlei politische Überzeugung, er sei ein Schaumschläger und suche das Abenteuer dort, wo Menschen die Macht unter sich teilen. Das mochte stimmen, und stimmte doch nicht ganz. Mir schien, daß Lajos durchaus bereit war, für die Menschheit oder den Begriff der Menschheit Opfer zu bringen – er zog die

Begriffe der Wirklichkeit vor, weil sie ungefährlicher und gefügiger sind –, und wenn er in der Politik das »Abenteuer suchte«, so war er auch bereit, seine Haut zu Markte zu tragen, und das nicht so sehr um einer Beute willen, sondern eher, weil ihn das Pathos des Abenteuers anzog und er es mit allen Fasern erfühlte und erlitt. Lajos war ein Mensch, der mit einer Lüge begann, darüber so in Fahrt kam, daß er in Tränen ausbrach und mit den Tränen in den Augen weiterlog, bis er am Ende zum allgemeinen Erstaunen schon die Wahrheit sagte, und das genauso fließend, wie er gelogen hatte ... Was ihn in den vergangenen Jahrzehnten natürlich nicht gehindert hatte, als Vorkämpfer extremer und völlig gegensätzlicher politischer Parteien aufzutreten, Parteien, aus denen man ihn binnen kurzem auch wieder hinauskomplimentierte. Zum Glück folgte ihm Laci auf diesem Weg nicht. Er blieb in der »Welt des Geistes«, in der leicht muffigen Atmosphäre von Zeichenmaterial und eselsohrigen gebrauchten Schulbüchern. Lajos hingegen war zwischen den Gefahren verschollen. Zwar vermochte niemand, diese »Gefahren« genauer zu benennen, aber wir stellten ihn uns immer in einer sturmgepeitschten, von Katastrophen bedrohten Landschaft vor.

Als Vilma starb und zwischen uns die Trennung vollzogen wurde, verschwand Lajos vom familiären

Horizont. Damals kam ich hierher zurück, in diese ärmliche letzte Zuflucht. Hier warteten nur eine Liege und trockenes Brot auf mich. Doch wer aus dem Gewitter kommt, ist glücklich, ein Dach über seinem Kopf zu wissen.

7

Dieses Dach – jedenfalls schien es zu Anfang so – war ziemlich verlottert. Nachdem Vater gestorben war, nahmen Tibor und Endre, die Freunde des Hauses, das Erbe gründlich unter die Lupe. Als Notar war Endre auch berufshalber zu dieser Prüfung gehalten. Unsere finanzielle Situation schien zunächst aussichtslos. Das Wenige, das nach den letzten Erschütterungen, nach Vaters trotzig nachlässigem Umgang mit dem Geld, nach Mutters Krankheit, nach Vilmas Heirat und Tod und nach der Gründung von Lacis Geschäft noch übrig war, hatte Lajos über feine Kanäle abgesaugt. Als kein Geld mehr vorhanden war, ließ er aus dem Haus Gegenstände mitgehen – »zur Erinnerung«, wie er sagte, und mit der Neugier und Sammlerleidenschaft eines Kindes. Später verteidigte ich ihn manchmal vor Endre und Tibor. »Er spielt nur«, sagte ich, wenn sie empört waren. »Er hat etwas Kindliches.

Er spielt gern.« Aber da wurde Endre böse. Kinder spielen mit Schiffchen oder Glasmurmeln, sagte er aufgebracht, Lajos hingegen sei ein »ewiges Kind«, das am liebsten mit Wechseln spiele. Er sagte es zwar nicht, aber es war zu spüren, daß er die Spielsachen von Lajos für nicht ganz sauber, nicht ganz unschuldig hielt. Und tatsächlich kamen nach Vaters Tod Wechsel zum Vorschein, die er angeblich für Lajos unterschrieben hatte, woran ich persönlich nie zweifelte. Dann ging auch das, wie alles andere, im allgemeinen Zusammenbruch unter.

Als mir zu Bewußtsein kam, daß ich auf der Welt niemanden mehr hatte – außer Nunu, mit der ich in einem besonderen Bündnis lebte, wie die Misteln und der Baum, wobei wir nicht hätten sagen können, wer der Baum und wer der Parasit war –, versuchten Endre und Tibor, aus dem allgemeinen Untergang für mich noch etwas zu retten. Damals war es, daß Tibor mich heiraten wollte. Ich wehrte stotternd ab, konnte aber den wahren Grund meiner Absage nicht nennen. Ich durfte nicht sagen, daß ich insgeheim noch immer auf Lajos, auf ein Zeichen von ihm, vielleicht auf ein Wunder wartete. Um ihn herum war immer alles so wundersam: Ich konnte gar nicht ausschließen, daß er eines Tages auftauchte wie Lohengrin und eine erhabene Arie schmetterte. Aber nach unserer Trennung war er auf so mysteriöse Art verschwunden, als hätte er sich eine Tarnkappe übergestülpt. Jahrelang hörte ich gar nichts von ihm.

Es blieben nur noch das Haus und der Garten. Das Haus war mit einer geringen Hypothek belastet. Ich hatte immer angenommen, ich sei eine zähe, widerstandskräftige, praktische Natur. Aber als ich allein blieb, mußte ich merken, daß ich bis dahin in den Wolken gelebt hatte – in gefährlichen, mit Blitzen gefüllten Wolken – und daß ich von der irdischen Wirklichkeit kaum etwas Zuverlässiges wußte. Nunu sagte, der Garten und das Haus genügten für uns. Noch heute verstehe ich nicht, wie sie »genügen« können. Gut, der Garten ist groß, voller Obstbäume, und Nunu hat die schmucken romantischen Blumenbeete, die mit roter Tonerde bestreuten gewundenen Wege und den schwärmerischen Wasserfall mit den bemoosten Steinen allesamt verbannt und jeden Quadratzentimeter ausgenutzt, so geschickt und eifrig, wie man in kargen Gebieten den Boden ehrt und jedes Fleckchen Erde mit Steinen umgibt, um sie vor Sturm und Eindringlingen zu schützen. Das ist uns geblieben, dieser Garten. Eine Zeitlang kamen Tibor und Endre immer wieder mit der Idee, wir sollten ein paar Zimmer vermieten und Kostgänger aufnehmen. Der Plan ist vor allem an Nunus Widerstand gescheitert. Sie hat nicht gesagt warum, nichts erklärt, bloß war an ihren Worten und noch mehr an ihrem Schweigen zu spüren, daß sie im Haus keine Fremden dulden würde. Nunu erledigt die Dinge anders, »löst« sie anders, als man es erwarten würde. Zwei einsame, unbeholfene Frauen können, so würde man meinen, eine Näherei oder eine Garküche eröffnen, sie können sich mit Handarbeiten beschäftigen – aber so etwas fiel Nunu gar nicht ein. Es brauchte seine Zeit, bis sie mir erlaubte, den Kindern von ein paar befreundeten Familien Klavierstunden zu geben.

Wir lebten irgendwie … Jetzt weiß ich, daß uns das Haus und der Garten, das einzige, das mir von meinem armen, versponnenen Vater geblieben war, am Leben erhielten. Nur das gab es, nur deshalb vermochten wir zu leben. Das Haus bedeutete Schutz und gab uns mit seinen wenigen verbliebenen Möbeln ein Zugehörigkeitsgefühl. Der Garten ernährte uns, nicht besser und nicht schlechter, als es die Schiffbrüchigen brauchten. Er schien sich um uns herum zu vergrößern, denn wir gaben ihm alles, Arbeit und Hoffnung, und manchmal kam er uns wie ein großes Gut vor, auf dem man sorglos leben kann. Nunu gab sich eines Tages einen Ruck und bepflanzte den sandigen hinteren Teil des Gartens, das ganze anderthalb Morgen große Grundstück, mit Mandelbäumen. Diese Bäume waren später wie die unsichtbaren Hände, die Manna vom Himmel werfen. Sie trugen jedes Jahr Früchte, die Nunu heimlich und feierlich zu Geld machte, und von diesem Geld lebten wir irgendwie; zuweilen konnten wir unsere Schulden verringern oder sogar Laci etwas zukommen lassen. Ich habe das lange nicht verstanden. Nunu aber lächelte und schwieg. Manchmal blieb ich vor unserem Mandelwald stehen und betrachtete ihn ehrfürchtig. Im Sand wie im Leben schien ein Wunder geschehen zu sein. Jemand paßt auf uns auf, das war mein Gefühl.

Die Mandelbäume waren Vaters Idee gewesen, aber Vater war schon zu müde, um seine Ideen zu verwirklichen. Er hatte einmal, zehn Jahre zuvor, zu Nunu gesagt, daß der sandige hintere Teil des Gartens für Mandelbäume geeignet sei. Vater ergriff die Möglichkeiten des Lebens nicht, und Außenstehende konnten denken, er sei es, dem das bescheidene Familienvermögen zwischen den Fingern zerrann. Doch nach seinem Tod wurde uns bewußt, daß er auf seine wortlose, mimosenhafte Art seine wenigen Angelegenheiten in Ordnung gehalten hatte: Nicht er hatte die Hypothek aufgenommen, sondern Mama, auf Bitten von Lajos, und Vater hatte den Garten für uns bewahrt, er war es, der sich bis zum letzten Augenblick weigerte wegzuziehen. Und als Nunu und ich allein geblieben waren, mußten wir uns eben in dem Garten einrichten, den Vater angelegt hatte. Das Haus ließen wir neu verputzen, was wir Endre zu verdanken hatten, da er auf das Erbe ein günstiges Darlehen beschaffen konnte. Das alles geschah ohne Planung, ohne besondere Absicht oder Zielsetzung. Eines Tages merkten wir, daß wir ein Dach über dem Kopf hatten, daß wir hin und wieder etwas Stoff für ein Kleid kaufen konnten, daß wir von Laci Bücher geliehen bekamen und daß die Einsamkeit, in die wir uns unerbittlich wie verwundete Tiere zurückgezogen hatten, sich aufgelöst hatte: Schon waren auch Freunde um uns, sonntags hallte das Haus von lauten Männergesprächen wider, man hatte uns in der Welt einen Platz zugeteilt, in der Vorstellung der Menschen gab es einen Winkel, in dem wir ungestört unser Leben fristen durften. Nichts war so hoffnungslos und unerträglich, wie ich geglaubt hatte. Unser Leben füllte sich allmählich auf: mit Freunden, ja, wir hatten sogar schon Feinde, zum Beispiel Tibors Mutter und Endres Frau, die beide grundlos und lächerlich eifersüchtig waren, wenn der Sohn beziehungsweise der Ehemann in unser Haus kamen. Manchmal war dieses Leben in Haus und Garten schon fast wie ein wirkliches Leben, das Ziele, Aufgaben, Inhalte hat. Nur hatte es keinerlei Sinn; es konnte noch jahrzehntelang so weitergehen, aber ich hätte mich nicht widersetzt, wenn man mir befohlen hätte, von heute auf morgen damit aufzuhören. Es war ein glattes, gefahrloses Leben. Lajos hingegen hielt es mit Nietzsche, der uns zum gefährlichen Leben auffordert. Lajos selbst hatte Angst vor der Gefahr: Zu seinen Abenteuern, zu den politischen wie zu den emotionalen, zog er mit großen Sprüchen aus, aber auch mit geheimen Waffen, mit vorbereiteten Lügen, mit warmer Unterwäsche, mit kosmetischen Hilfsmitteln und den belastenden Briefen seiner Gegner in der Tasche. Mein Leben aber war eine Zeitlang tatsächlich »gefährlich« gewesen, in Lajos' Nähe nämlich. Als die Gefahr vorüber war, merkte ich, daß an ihrer Stelle nichts geblieben war, daß diese Gefahr dem Leben seinen einzigen, wahren Sinn gegeben hatte.

8

Ich ging ins Haus, stellte die Dahlien in die Vasen und setzte mich zu meinen Gästen auf die Veranda. Laci kommt jeden Sonntag zum Frühstück zu uns. Wir decken für ihn eigens auf der Veranda oder, bei schlechtem Wetter, im ehemaligen Kinderzimmer, das wir als Salon benutzen. Wir holen die alten Tassen und das englische Silber hervor, und er gießt sich die Sahne aus dem Silberkännchen ein, das er vor zweiundfünfzig Jahren zu seiner Taufe bekommen hat, von einer eifrigen Verwandten mit bescheidenem Geschmack. In sein Glas ist mit Zierschrift sein Name graviert. Auf der Veranda saßen sie also, Tibor rauchte eine Zigarre und blickte verlegen in den Garten, Laci griff kräftig zu, wie damals, als Junge. Er möchte dieses sonntägliche Frühstück um keinen Preis missen, und es scheint bei ihm die Regungen der Kindheit heraufzubeschwören.

»Er hat auch Endre geschrieben«, sagte er mit vollem Mund.

»Was hat er geschrieben?« fragte ich entsetzt.

»Er hat geschrieben, Endre solle in Bereitschaft sein und an dem Tag nicht wegfahren. Er würde ihn brauchen.«

»Den Endre?« fragte ich lachend.

»Stimmt's, Tibor?« fragte Laci, der immer diesen zuverlässigen Zeugen braucht. Er traut seinen eigenen Aussagen nicht mehr.

»Stimmt, stimmt«, sagte Tibor mürrisch. »Er will etwas. Vielleicht«, sagte er, und seine Miene heiterte sich auf, als hätte er endlich die einzig anständige Antwort auf die Frage gefunden, »vielleicht will er seine Schulden in Ordnung bringen.«

Wir dachten nach. Ich wollte an Lajos glauben, und jetzt, da Tibor die Vermutung ausgesprochen hatte, schien sie mir nicht unmöglich. Auf einmal flackerten in mir wilde Freude und eifriger Glaube auf. Natürlich, wenn er nach zwanzig Jahren zurückkommt! Er kommt hierher, wo er – warum es beschönigen – jedem etwas schuldet, Geld oder die Verwirklichung von Versprechen und Schwüren. Er kommt hierher, wo für ihn jede Begegnung schmerzlich, beengend und peinlich sein muß: Er kommt zurück, um der Vergangenheit ins Auge zu blicken, um sein Wort einzulösen! Was für eine Kraft, was für eine Hoffnung durchströmten mich in jenem Augenblick. Auf einmal hatte ich vor der Begegnung keine Angst mehr. Man kehrt nach jahrzehntelanger Abwesenheit nicht so einfach an den Schauplatz der Niederlage zurück. Er muß sich lange auf den schweren Weg vorbereitet haben, dachte ich teilnahmsvoll. Lange vorbereitet und weiß Gott welche Abgründe und Irrwege hinter sich bringen müssen, bis er sich entschließen konnte. Plötzlich war ich hellwach. Diese wahnwitzige, jeden nüchternen, kleinlichen Verdacht aufhebende Hoffnung, diese Sonnenhelle, die der Rückkehr vorausstrahlte, hatte bei mir sämtliche Zweifel gelöscht. Lajos kommt, zusammen mit den Kindern, er ist schon unterwegs, er ist schon in meiner Nähe. Und wir, die wir ihn kennen und von seinen Schwächen wissen, müssen uns rüsten für die große Abrechnung, da Lajos allen zurückgibt, was er schuldet: Taten und Wechsel!

Nunu, die geräuschlos auf der Schwelle erschienen war und, die Arme unter der Schürze verschränkt, unseren Gesprächen zuhörte, unterbrach uns leise: »Endre läßt ausrichten, er komme gleich. Lajos habe ihn in offizieller Eigenschaft herübergebeten.«

Das nährte nur meine Hoffnung. Lajos braucht einen Notar! Wir redeten durcheinander. Laci ließ sich aufgeregt darüber aus, daß man in der Stadt schon von

Lajos' Rückkehr wußte. In der Nacht sei im Kaffeehaus ein Schneider an ihn herangetreten und habe von alten Rechnungen gesprochen, Lajos' unbezahlten Kleiderrechnungen. Ein Stadtrat habe die Betonbänke erwähnt, die er vor fünfzehn Jahren bestellt hatte, von Lajos dazu überredet; man habe eine Anzahlung geleistet, aber die Bänke seien nie geliefert worden. Solcherlei Nachrichten vermochten jetzt meine Erinnerungen nicht mehr zu trüben. Lajos' Vergangenheit war voll von solchem Leichtsinn, aber das schienen mir jetzt alles Jugendsünden. Inzwischen waren schwierige Lebensabschnitte abgeschlossen, Lajos war fünfzig vorbei, er spielte nicht mehr mit den Worten, sondern stand für die Vergangenheit gerade, war schon unterwegs zu uns. Ich ging ins Haus, um etwas Hübsches anzuziehen.

Laci schwelgte in den Erinnerungen: »Immer wollte er etwas. Weißt du noch, Tibor, als du ihn zum letzten Mal getroffen hast, nach dem großen Krach, als du ihm ins Gesicht gesagt hast, er sei ein Charakterlump, und ihm alles aufgezählt hast, was er der Familie und den Freunden angetan hatte, und als du gesagt hast, er sei von der niedrigsten Sorte: wie er da geweint und alle umarmt und dann zum Abschied von dir Geld verlangt hat? Hundert, oder zweihundert? Erinnerst du dich?«

»Nein, daran erinnere ich mich nicht«, sagte Tibor peinlich berührt.

»Doch!« rief Laci. »Und als du ihm keins gegeben hast, wie er da weggerannt ist, ganz außer sich, als ginge es in den Tod. Auch damals waren wir hier in diesem Garten, bloß eben zehn Jahre jünger, und haben uns mit Lajos beschäftigt. Dann ist er vom Tor zurückgekommen und hat ganz ruhig einen Zwanziger verlangt, ›ein bißchen Kleingeld‹, so hat er es ausgedrückt, weil er kein Geld für die Eisenbahn habe! Das hast du ihm dann gegeben. Ein Teufelskerl ist das«, schloß Laci begeistert und aß weiter.

»Na ja, ich habe es ihm gegeben«, sagte Tibor verschämt. »Warum auch nicht? Ich habe noch nie verstanden, warum man nicht geben soll, wenn man kann. Und das war ja auch nicht das Wichtigste für Lajos«, sagte er nachdenklich und blickte kurzsichtig zur Decke.

»Geld war für ihn nicht wichtig?« fragte Laci ehrlich verblüfft. »Du könntest genausogut sagen, für den Wolf sei Blut nicht wichtig.«

»Du verstehst mich nicht«, sagte Tibor und wurde rot.

Er wird immer rot, wenn er mit seiner Rolle kämpft, der Rolle des Richters, Beurteilers und

Bewahrers; er muß die Wahrheit aussprechen, auch wenn er weiß, daß sie nicht mit den Vorstellungen übereinstimmt, an denen die Menschen festhalten, da er, der Richter, auf die Wahrheit geschworen hat. »Du verstehst mich nicht«, wiederholte er hartnäckig. »Ich habe viel über Lajos nachgedacht. Das Wesentliche ist die Absicht. Und seine Absichten sind nicht böse. Ich kann dir einen Fall nennen... Einmal, während eines Festes, hat er mich um Geld gebeten, um eine größere Summe... Und ich habe zufällig erfahren, daß er diese Summe am nächsten Tag unangetastet einem meiner Beamten, der in Schwierigkeiten geraten war, zukommen ließ. Warte, das ist noch nicht alles. Natürlich ist es keine Heldentat, mit dem Geld anderer Leute den Menschenfreund zu spielen. Aber gleichzeitig brauchte Lajos selbst dringend Geld, es waren Wechsel fällig, wie soll ich sagen... ich meine, peinliche Wechsel. Die Summe, die er in alkoholisiertem Zustand ausgeliehen hatte und die er am nächsten Tag kühl und nüchtern einem anderen Menschen weitergab, hätte ihm helfen können. Verstehst du?«

»Nein«, sagte Laci ehrlich.

»Ich hingegen schon, glaube ich«, sagte Tibor und verstummte dann trotzig, wie es seine Gewohnheit war. Als bereute er seine Worte.

Nunu sagte noch: »Paßt auf, er kommt um Geld. Aber ihr werdet umsonst aufpassen. Tibor wird ihm wieder welches geben.«

»Nein, bestimmt nicht mehr«, sagte Tibor lachend und schüttelte den Kopf.

Nunu zuckte mit den Schultern: »Doch, natürlich. Wie letztes Mal. Irgend etwas. Noch einen Zwanziger. Man muß ihm geben.«

»Aber warum denn, Nunu?« fragte Laci höchst erstaunt und neidisch.

»Weil er der Stärkere ist«, sagte Nunu gleichgültig und ging in die Küche zurück.

Beim Umziehen vor dem Spiegel mußte ich mich festhalten; ich hatte eine Art Vision. Ich sah die Vergangenheit so deutlich, wie man die gegenwärtige Wirklichkeit nie sieht. Ich sah den Garten, diesen Garten, in dem wir jetzt Lajos erwarteten – wir stehen unter der großen Esche, zwanzig Jahre jünger, und unsere Herzen sind voller Verzweiflung und Zorn. Aufgebrachte Worte schwirren durch die Luft wie Hummeln im Herbst. Auch da ist es Herbst, gegen Ende September. Die dunstige Luft ist voller Düfte. Wir sind zwanzig Jahre jünger, wir, das heißt Verwandte, Freunde und auch halbwegs Fremde, und mitten unter uns steht Lajos wie der ertappte Dieb. Er steht ruhig, blinzelnd, und manchmal nimmt er seine

Brille ab und putzt sie. Er steht allein inmitten des aufgeregten Kreises, so ruhig wie jemand, der weiß, daß er das Spiel verloren hat, daß alles aufgeflogen ist, daß ihm nichts anderes mehr übrigbleibt, als zu stehen und zu warten, während das Urteil über ihn gefällt wird. Dann ist Lajos aus dem Kreis plötzlich verschwunden. Wir leben weiter, ein mechanisches, wachspuppenhaftes Leben. Als existierten wir nur zum Schein: Unser wahres Leben ist der Kampf und der Zorn, der uns angesichts von Lajos erfüllt.

So sah ich ihn, inmitten des damaligen Kreises, des damaligen Gartens, und ich sah uns, wie wir alle mit der alten Heftigkeit zu leben beginnen. Ich zog mein lila Kleid an. Es war wie ein altes Kostüm, eins der Kostüme des Lebens. Ich spürte, daß ein Mensch mit all dem, was ihn ausmacht, mit der spezifischen Kraft und dem ihm eigenen Verhalten, bei seinen Gegenspielern eine besondere Form des Lebensgefühls hervorruft. Wir alle gehörten zu ihm, wir alle lebten im Bündnis gegen ihn, und jetzt, da er zu uns unterwegs war, lebten wir anders, aufregender, gefährlicher. Mit solchen Gefühlen stand ich im Zimmer vor dem Spiegel, im alten Kostüm. Lajos brachte die Zeit zurück, aber auch die zeitlose Lebensintensität. Ich wußte, daß er sich nicht verändert hatte. Ich wußte, daß Nunu recht behalten würde. Ich wußte, daß wir ihm gegenüber machtlos waren. Und gleichzeitig wußte ich, daß ich von der Wahrheit des Lebens, sei es mein Leben oder das der anderen, noch immer keine Ahnung hatte und daß ich diese Wahrheit nur durch Lajos erfahren konnte – ja, durch den verlogenen Lajos. Der Garten füllte sich mit Bekannten. Irgendwo hupte ein Auto. Mit einem Mal war ich erstaunlich ruhig; ich wußte, daß Lajos gekommen war, weil er nicht anders konnte, und daß wir ihn empfingen, weil wir nicht anders konnten, und daß das Ganze für ihn ebenso unbehaglich, unangenehm und unabwendbar war wie für uns.

9

Doch die Wirklichkeit, diese wunderlich eiskalte Dusche, weckte mich aus meiner Vision. Lajos war angekommen, und es begann der Tag, der Tag von Lajos' Besuch, von dem Tibor, Laci und Endre bis zur Stunde ihres Todes reden würden, Dinge verwechselnd, Erinnerungen aufbauschend, Bilder beschwörend und löschend. Ich will die Geschichte des Tages wirklichkeitsgetreu erzählen. Es brauchte seine Zeit, bis ich den wahren Sinn dieses Besuchs verstand. Er begann wie der Auftritt eines Wanderzirkus. Und er endete – nein, das Ende, den Abgang kann ich mit nichts vergleichen. Denn er hat ganz einfach geendet. Lajos ist weggegangen, der Tag, ein Lebensabschnitt war vorbei. Wir haben weitergelebt.

Lajos kam mit einer ganzen Menagerie. Schon der Wagen, der vor dem Haus hielt, zog die Aufmerksamkeit der Stadtbewohner auf sich. Er war rot und außergewöhnlich groß, fast wie ein Bus. Aus dem Wagen, wie ich später hörte – denn ich hatte den Augenblick der Ankunft, den so mühsam erwarteten Augenblick, verpaßt, und ich muß aus Lacis unbeholfener und Tibors vorsichtig korrigierender Erzählung die Bruchstücke zusammensetzen –, aus dem Wagen stieg als erster ein unbekannter, seltsam gekleideter junger Mann, der einen Hund mit gelbem Fell und Löwenschnauze im Arm trug. Der Hund, anscheinend eine kostbare tibetanische Rasse, wirkte unwirsch und bissig. Dann stieg eine ältere, aber jugendlich gekleidete und geschminkte, mit einem Ledermantel angetane Frau aus, dann Éva und Gábor, und schließlich, vom Vordersitz neben dem Fahrer, Lajos. Die Wartenden waren von dieser Ankunft verwirrt, und niemand eilte den Gästen entgegen. Man stand reglos im Garten und starrte auf das rote Automobil.

Lajos verhandelte mit dem Fahrer, betrat dann den Garten, blickte um sich, erkannte Tibor und sagte, ohne zu grüßen: »Tibor, gib mir doch rasch einen Zwanziger. Der Chauffeur muß Öl nachfüllen, und ich habe kein Kleingeld.«

Und da er genau das sagte, was alle von ihm erwarteten, protestierte niemand, und niemand war empört. Sie standen wie verzaubert, genau dort, wo sie ihn zwanzig Jahre zuvor gesehen hatten, unter demselben

Baum, in gleicher Beleuchtung. Und da er sie mit den gleichen Worten begrüßte, wie er sich verabschiedet hatte, fühlten sie, daß in alledem etwas Notwendiges war, und sie schwiegen. Tibor streckte ihm stumm die verlangte Banknote hin. Eine Weile standen sie noch da, wie die Darsteller in einem Stück ohne Worte. Lajos bezahlte den Fahrer, kam in den Garten zurück und stellte die Neuangekommenen vor. So fing es an.

Später habe ich mich oft gefragt, ob in dem Ganzen etwas Inszeniertes, Theatralisches war. Ich glaube, ja, bloß war diese Theatralik unbewußt. Sonst könnte Lajos nicht funktionieren, er würde früher oder später überall hinausgeworfen, entlarvt als Schaumschläger, als Schmierenkomödiant, der seine Umgebung vielleicht eine Weile unterhält oder ärgert, von dem man aber schließlich genug hat und sich abwendet, weil alles nur Berechnung und Künstelei ist und entsprechend langweilig. Von Lajos aber wandte man sich nicht ab, denn seine kleinen Inszenierungen waren voller Überraschungen, die er nicht vorbereitet hatte und die auch er genoß, so daß er im Augenblick des Knalleffekts am liebsten gelacht, gestaunt und sich selbst Beifall geklatscht hätte. Lajos hatte oft einen Abschnitt aus Shakespeare zitiert, der so beginnt: »Die ganze Welt ist ein Theater.« In diesem Theater trat er auf, immer in der Hauptrolle und in zeitgenössischem Kostüm, aber ohne je den Text gepaukt zu haben. Jetzt, bei seiner Ankunft, spielte, inszenierte und rezitierte er mit sichtlichem Genuß. Die beiden Kinder zum Beispiel stellte er mit einer schwer zu definierenden, aber jedenfalls dramatischen Geste vor.

Schon in seinen ersten Worten schwangen Klage und Anklage mit. »Hier, die Waisen«, so stellte er Tibor und Laci die beiden Kinder vor, die in der Zwischenzeit Erwachsene geworden waren: Gábor, ein dicklicher, träge blinzelnder, duckmäuserischer junger Mann, hatte Ingenieurwesen studiert, Éva war ganz die kleine Dame, sehr städtisch, sehr modisch sportlich gekleidet, zwei Fuchspelze um den Hals, ein bißchen hämisch, beleidigt und erwartungsvoll lächelnd. »Hier, die Waisen«, das schwang in Lajos' Geste und Blick mit, als er Vilmas Kinder vorstellte, die zwar tatsächlich Waisen, oder besser: Halbwaisen, waren, die aber auch stärker schienen als das grausame Schicksal: Sie waren herangewachsen und in beruhigendem physischem Zustand aus der Zeit zu uns zurückgekehrt. Es ist schwer, das alles zu erklären. Wir standen, auch später noch, verlegen und gesenkten Blikkes vor den Kindern. Lajos stellte sie die ganze Zeit zur Schau, von vorn und von der Seite, als hätte er da zerlumpte, von Gott und den Menschen verlassene Wesen auf der Straße aufgelesen und als müßte nun von uns jemand – Tibor oder Nunu oder auch ich – die Verantwortung für sie übernehmen. Diese Forderung sprach er nicht aus, aber vom ersten Augenblick an führte er Éva und Gábor mit diesem Unterton vor. Und seltsamerweise hatten wir alle das Gefühl, daß wir, die wir da im Garten standen, für diese zwei gepflegten, gutgekleideten und auch verdächtig reif und eingeweiht wirkenden jungen Menschen, die vom Mond in unser Leben gefallen waren, tatsächlich irgendwie verantwortlich waren – verantwortlich im praktischen Sinn des Wortes, so wie man sein Brot oder seine Gefühle mit jemandem teilen muß, der darauf angewiesen ist und auch ein Anrecht darauf hat. Die beiden Waisen standen ruhig und erwartungsvoll da, an Lajos' Inszenierungen offensichtlich schon gewöhnt; sie schienen zu wissen, daß es vor diesen Darbietungen kein Entrinnen gab, daß man warten mußte, bis alles nach Programm abgelaufen war und der Applaus ertönte. Nach einer kleinen Kunstpause, die uns erlaubt hatte, wegen der »Waisen« ein schlechtes Gewissen zu bekommen, hüstelte Lajos nach alter Gewohnheit zweimal und begann rasch seine Zauberkunststücke.

Sie füllten den ganzen Vormittag. Er arbeitete fieberhaft; es war offensichtlich, daß er sein Allerbestes gab, mit dem Einsatz von Leib und Seele, echten Tränen und heißen Küssen, wobei er die einzelnen Nummern mit einem fabelhaften Erinnerungsvermögen vortrug. Alle waren geblendet. Sogar Nunu. In der ersten Stunde kamen wir überhaupt nicht zu Wort. Mit angehaltenem Atem verfolgten wir die Vorstellung. Nunu wurde auf beide Wangen geküßt, worauf aus Lajos' Brieftasche der Brief eines Staatssekretärs zum Vorschein kam: Der hohe Beamte bestätigte Lajos, seinem lieben Freund, daß er den Brief, in welchem Lajos Nunus Ernennung zur Postmeisterin energisch betreibt, erhalten habe und sich bemühen wolle, dem Anliegen stattzugeben. Ich selbst habe das Schriftstück gesehen: offizielles Papier, Wasserzeichen, Stempel und in der oberen linken Ecke in erhabenen Lettern das Wort »Staatssekretär«. Der Brief war einwandfrei echt; Lajos hatte tatsächlich etwas für Nunu unternommen. Nur gerade die Tatsache blieb unerwähnt, daß Lajos diese Demarche fünfzehn Jahre zuvor versprochen hatte, daß Nunu auf die Siebzig zu ging, daß sie ihre postmeisterlichen Träume längst aufgegeben hatte, daß sie für eine solche Arbeit gar nicht mehr geeignet war, daß sie in ihrem Alter für einen so verantwortungsvollen Dienst nicht mehr angestellt werden konnte und also Lajos' edle Tat zu spät kam, genau fünfzehn Jahre zu spät. Daran dachte jetzt niemand. Wir standen um Lajos und Nunu herum, mit glänzenden Augen, erleichtert und triumphierend. Tibor blickte stolz um sich, mit zufrieden blitzenden Brillengläsern, die zu sagen schienen: »Seht, wir haben uns getäuscht! Lajos hält doch Wort!« Laci lächelte verlegen, aber auch er war in diesem Augenblick ganz offensichtlich stolz auf Lajos. Nunu weinte. Sie war daheim, im Oberland, dreißig Jahre lang Hilfspostmeisterin gewesen, dreißig Jahre lang hatte sie vergeblich gehofft, eine feste Anstellung zu bekommen, und als ihre Hoffnungen mit der Zeit zunichte wurden, kam sie zu uns und hängte ihre Karrierewünsche an den Nagel. Jetzt las sie erschüttert und unter Tränen die Zeilen, in denen ihr Name genannt wurde. Der Staatssekretär versprach noch nichts Konkretes, er stellte einfach in Aussicht, daß er Nunus Anliegen wohlwollend in Erwägung ziehen und die »Möglichkeiten prüfen« wolle. Das Ganze hatte nicht mehr den geringsten Sinn.

Und doch weinte Nunu und sagte leise: »Ich danke dir, lieber Lajos. Es ist vielleicht zu spät. Aber ich bin sehr glücklich.«

»Es ist noch nicht zu spät«, sagte Lajos, »du wirst sehen, es ist noch nicht zu spät.«

Er sagte es so großartig, als wäre er nicht nur mit dem Staatssekretär auf Du und Du, sondern auch mit Gott persönlich, so daß man ihm alle Angelegenheiten, so etwa die des Alters und des Todes, ruhig überlassen konnte. Wir waren ergriffen.

Dann redeten alle durcheinander, Onkel Endre war inzwischen auch gekommen und stand ein wenig zurückhaltend und verlegen neben der Steinbank, als wäre er nicht ganz freiwillig da, sondern nur auf Lajos' Aufforderung, in »offizieller Eigenschaft«. Lajos war jetzt in voller Fahrt. Er schob Leute aufeinander zu und stellte Gruppenbilder zusammen, er improvisierte kleine Szenen, Wiedersehensszenen und freudig-gerührte Versöhnungsszenen, alles mit halben Worten, während der wahre Sinn und der wirkliche Inhalt des Treffens hinter der unkritischen, dramatischen Stimmung des künstlichen Tableaus verborgen blieb. Und alle gehorchten, alle lächelten verlegen, auch Onkel Endre, der eine Aktentasche unter dem Arm trug, deren Inhalt wir nie kennenlernten und die er wahrscheinlich nur als Symbol und als Schutz mitgenommen hatte, womit er wiederum zeigte, daß er von sich aus nicht gekommen wäre und nur seine Pflicht tat. Und allen sah man an, daß sie sich sehr über Lajos freuten, daß sie entzückt waren, bei diesem Treffen dabeizusein. Ich hätte nicht gestaunt, wenn sich vor dem Gartenzaun eine kleine Menge versammelt und etwas gesungen hätte. Jedenfalls schwappte die ganze Aufregung über unseren Köpfen zusammen, und in dieser

Stimmungsflut verwischten sich die Einzelheiten. Später, gegen Abend, als wir zur Besinnung kamen, blickten wir einander verwundert an, plötzlich entzauberte Augenzeugen der magischen Tricks eines indischen Fakirs. Der Fakir hatte ein Seil in die Höhe geworfen, war daran emporgeklettert und in den Wolken verschwunden. Wir blickten zum Himmel, denn dort suchten wir ihn – und sahen auf einmal verblüfft, daß er schon wieder hier vor uns, auf der Erde, seine Verbeugungen machte und mit dem Teller herumging.

10

Nunu servierte das Gabelfrühstück, die Gäste nahmen auf der Veranda Platz und begannen, nervös zu essen. Alle spürten, daß die Mißstimmung nur dank Lajos' Zauberei gebannt war. Alles, was er sagte, war ein Rollenspiel, und jede Stunde hatte einen künstlichen Inhalt. Erste Szene: »Das Essen«; später: »Besichtigung des Gartens«. Als guter Regisseur merkte Lajos, wenn eine Gruppe erlahmte, und er klatschte in die Hände und gab den Rhythmus an. Dann aber blieb er im Garten mit mir allein. Von der Veranda war Lacis Stimme zu hören, eine selbstvergessene, begeisterte Stimme, denn Laci war der erste gewesen, der sich ergeben, der seine Zweifel vergessen hatte, und jetzt schwelgte er selig in dem vertrauten Sonnenglanz, in der warmen Strömung von Lajos' Gegenwart.

Das erste Wort, mit dem sich Lajos an mich wandte, lautete so: »Jetzt bringen wir alles in Ordnung.«

Mein Herz begann heftig und nervös zu klopfen. Ich sagte nichts. Ich stand ihm gegenüber, unter dem Baum, neben der Steinbank, auf der er mir so viel vorgelogen hatte, und zum ersten Mal sah ich ihn mir gut an.

Etwas Trauriges war an ihm. Etwas von einem gealterten Photographen oder Politiker, der von den neuen Kniffen und Konzepten nichts mehr versteht und hartnäckig an seinen alten Kunstgriffen, seinen liebenswürdigen Taschenspielereien festhält. Und es war auch etwas von einem gealterten Tierbändiger an ihm, den die Bestien nicht mehr fürchten. Auch sein Anzug war so merkwürdig altmodisch: wie wenn einer trotzig mit der Mode Schritt zu halten versucht und doch von einem inneren Widerstand gehindert wird, so elegant und modisch gekleidet zu sein, wie es seiner Meinung nach schicklich ist und wie er es selbst gern wäre. Seine Krawatte, eine Spur greller, als es zu seinem Anzug, seiner Erscheinung und zur Jahreszeit paßte, war ein klein wenig abenteuerlich. Er trug einen hellen Anzug, einen der modischen, weiten Reiseanzüge, so wie in den Illustrierten die durchreisenden ausländischen Filmmagnaten. Alles an ihm, auch seine Schuhe und sein Hut, war irgendwie neu und wie zufällig zusammengesucht. Und in allem war eine Unbeholfenheit. Mir wurde das Herz schwer. Wäre er schäbig gekleidet, gebrochen und ohne Hoffnungen dahergekommen, wäre in mir diese billige Teilnahme nicht erwacht: Das ist eben sein Schicksal, hätte ich gedacht. Doch diese schamvolle, hoffnungslose Munterkeit erfüllte mich mit Mitleid. Ich sah ihn an, und er dauerte mich.

»Setz dich, Lajos«, sagte ich. »Was willst du von mir?«

Ich war ruhig und freundlich. Jetzt hatte ich keine Angst mehr vor ihm. Das ist ein Gescheiterter, dachte ich, und der Gedanke erfüllte mich nicht mit Befriedigung, ich fühlte nur das Mitleid, das tiefe, demütigende Bedauern. Es war, wie wenn man merkt, daß sich jemand die Haare färbt oder sonst etwas Unpassendes tut, und ich hätte ihn am liebsten gescholten, ihm die Gegenwart und die Vergangenheit vorgehalten, ernst, aber ohne besondere Strenge. Auf einmal fühlte ich mich viel älter und reifer; Lajos war auf einer bestimmten Stufe der Entwicklung stehengeblieben, gealtert in einer aufgekratzten Jusstudenten-Patzigkeit, die nicht weiter gefährlich ist und – das ist das Traurige daran – auch nicht besonders zielbewußt. Sein Blick war klar, grau und unstet, wie damals, als ich ihn zuletzt gesehen hatte. Er rauchte seine Zigarette aus einer langen Spitze – seine Hand mit den dicken Adern war merkwürdig faltig und zitterte dauernd –, und auch er betrachtete mich aufmerksam und so sachlich und ruhig, als hätte er endlich eingesehen, daß jegliche Effekthascherei vergeblich und sinnlos war, daß ich seine Tricks kannte und daß er sagen mochte, was er wollte, daß er sich aber letztlich verantworten mußte, mit Worten oder ohne Worte, endlich aber mit der Wahrheit …

Selbstverständlich begann er mit einer Lüge: »Ich will alles in Ordnung bringen«, wiederholte er mechanisch.

»Was willst du in Ordnung bringen?«

Ich blickte ihm in die Augen und mußte lachen. Das kann doch nicht dein Ernst sein, dachte ich. Nach einer gewissen Zeit kann man zwischen Menschen nichts mehr »in Ordnung bringen«. Diese hoffnungslose Wahrheit ging mir in dem Augenblick auf, als wir dort auf der Steinbank saßen. Man lebt, man flickt und verbessert und baut sein Leben und macht es manchmal auch kaputt; nach einer Zeit merkt man aber, daß es, so wie es aus Fehlern und Zufällen zusammengesetzt ist, nicht mehr verändert werden kann. Lajos konnte hier nichts mehr ausrichten. Wenn jemand aus der Vergangenheit auftaucht und mit gefühlvoller Stimme sagt, er wolle »alles« in Ordnung bringen, kann man ihn nur auslachen und bemitleiden. Die

Zeit hat schon alles »erledigt«, auf ihre eigene und einzig mögliche Art.

Ich sagte: »Vergiß es, Lajos. Wir freuen uns natürlich alle, dich zu sehen... dich und die Kinder. Wir kennen deine Pläne nicht, aber wir freuen uns, dich wieder einmal zu sehen. Von der Vergangenheit wollen wir nicht sprechen. Du bist niemandem etwas schuldig.«

Kaum hatte ich das ausgesprochen, wurde mir bewußt, daß auch ich mich vom Augenblick hinreißen ließ, daß auch ich »erste Worte« sprach, die im Grunde verlogen waren. Nur im Gefühlsüberschwang, in hochfliegender Verwirrung konnte man behaupten, die Vergangenheit sei nicht mehr von Bedeutung und Lajos sei »niemandem etwas schuldig«. Wir beide spürten den falschen Klang, und wir starrten gesenkten Blickes auf die Kiesel. Wir hatten einen zu hohen Ton angeschlagen, zu hoch und verlogen vibrierend.

Plötzlich ertappte ich mich dabei, daß ich Lajos angriff, nicht gerade folgerichtig, aber wenigstens mit echten Worten und mit einer Feindseligkeit, die ich nicht hätte unterdrücken können: »Wahrscheinlich bist du nicht nur deswegen gekommen«, sagte ich leise, denn ich fürchtete, daß man uns auf der Veranda hören würde; manchmal verstummte das Gespräch dort auf eine Art, als horchten sie herüber.

»Nein«, sagte er hustend. »Ich bin nicht nur deswegen gekommen. Eszter, ich muß noch einmal im Leben mit dir reden.«

»Ich habe nichts mehr«, sagte ich unwillkürlich kühn.

»Ich brauche nichts mehr«, sagte er und schien nicht beleidigt. »Jetzt will ich dir etwas geben. Schau, es sind zwanzig Jahre vergangen, zwanzig Jahre! So viele zwanzig Jahre haben wir im Leben nicht mehr; vielleicht sind es die letzten. In zwanzig Jahren wird alles reiner, durchsichtiger, verständlicher. Ich weiß jetzt, was geschehen ist, und ich weiß auch, warum es geschehen ist.«

»Wie scheußlich das ist«, sagte ich heiser. »Scheußlich und lächerlich. Wir sitzen hier auf der Bank, wir, die einander etwas bedeutet haben, und reden von der Zukunft. Nein, Lajos, es gibt keine Zukunft, ich meine, nicht für uns zwei. Kommen wir auf den Boden zurück. Es gibt etwas, das du nicht kennst, eine Art bescheidene Würde, die Würde des Daseins. Es reicht jetzt mit den Demütigungen. Daß wir von der Vergangenheit sprechen, ist schon schlimm genug. Was willst du? Was hast du dir ausgedacht? Wer sind diese fremden Leute? Eines Tages packst du deine Sachen, sammelst Menschen und Tiere ein und erscheinst mit Trara und so großen Worten, als spräche der Herr vom

Himmel herab ... Hier aber kennt man dich bereits. Wir kennen dich, mein Freund.«

Ich sprach ruhig, lächerlich feierlich, und bei jedem Wort so bestimmt, als hätte ich mir das alles im voraus überlegt. In Wirklichkeit hatte ich mir natürlich gar nichts überlegt. Ich glaubte keine Sekunde lang, daß hier noch etwas »in Ordnung kommen« konnte, und ich wollte Lajos weder um den Hals fallen noch mit ihm streiten. Was wollte ich eigentlich? Ich wäre gern gleichgültig gewesen. Er ist da, er ist gekommen, auch das gehört zum seltsamen Programm des Lebens, er will etwas, er führt etwas im Schild, doch dann geht er wieder weg, und wir leben weiter wie bisher. Er hat keine Macht mehr über mich! So fühlte ich und blickte selbstsicher und hochmütig auf ihn. Er hat keine Macht mehr über mich, nicht im alten, gefühlvollen Sinn. Doch gleichzeitig wurde mir bewußt, daß die Aufregung, die mich während des ersten Gesprächs ergriffen hatte, allem glich, nur nicht der Gleichgültigkeit; es wurde mir bewußt, daß die Feindseligkeit, mit der ich zu Lajos sprach, das Zeichen einer Beziehung war, die allerdings nichts Romantisches und Schwärmerisches hatte und nicht ins Mondlicht des Erinnerns getaucht war. Es ging um die Wahrheit. Und nach so viel blauem Dunst schien es dringend, daß an der Wahrheit festgehalten wurde.

Und so sagte ich rasch und ohne auf meine Worte zu achten: »Du kannst mir nichts geben. Du hast alles weggenommen und kaputtgemacht.«

Er antwortete, wie ich es erwartete: »Stimmt.«

Und er sah mich mit seinen klaren grauen Augen ruhig an und starrte dann in die Luft. Er hatte das Wort auf kindliche Art gesagt, fast schon freudig, als hätte man ihn bei einem Examen gelobt. Mich schauderte es. Was war das für ein Mensch? Er war so ruhig. Jetzt blickte er sich im Garten um und sah dann wie ein Baumeister sachlich prüfend auf das Haus.

Er schlug einen Konversationston an: »Dort, im oberen Zimmer, wo die Läden geschlossen sind, ist deine Mutter gestorben.«

»Nein«, sagte ich verblüfft, »Mutter ist unten gestorben, im Wohnzimmer, das jetzt Nunu bewohnt.«

»Interessant«, sagte er, »ich hatte es vergessen.«

Dann warf er seine Zigarette fort, stand auf, spazierte zur Hauswand und betastete kopfschüttelnd den Mörtel. »Bißchen feucht«, sagte er zerstreut und mißbilligend.

»Wir haben das Haus letztes Jahr verputzen lassen«, sagte ich, noch immer wie vor den Kopf gestoßen.

Er kam zurück und blickte mir tief in die Augen. Sagte lange nichts. Wir starrten einander aus halb zusammengekniffenen Augen aufmerksam und neugierig an. Jetzt war sein Gesicht ernst und ehrfürchtig.

»Eine Frage, Eszter«, sagte er leise und ernst. »Eine einzige Frage.«

Ich machte die Augen zu, mir war heiß und schwindlig. Das Schwindelgefühl dauerte ein paar Sekunden. Ich hob abwehrend die Hand. Jetzt fragt er, dachte ich. Mein Gott, jetzt fragt er. Was? Warum das alles geschehen ist, vielleicht? Oder ob der Feigling ich gewesen bin? Jetzt heißt es antworten! Ich atmete tief ein und blickte ihn an, bereit, Rede zu stehen.

»Kannst du mir sagen, Eszter«, fragte er leise und innig, »ob dieses Haus nach wie vor schuldenfrei ist?«

II

Die Ereignisse des Vormittags, zumindest die, die auf diesen Satz folgten, sind in meiner Erinnerung einigermaßen verwischt. Onkel Endre trat zu uns. Lajos geriet aus dem Konzept und begann großspurig zu lügen. Er schien eine Angst überschreien zu wollen und begann gleich mit dem hohen C, mit künstlicher Gemütlichkeit und leerer Überheblichkeit, die bei Endre nicht verfingen. Es war der »Alter-Freund«-Ton, den Lajos anschlug; er packte Endre am Arm, gab lustige Geschichten zum Besten und benahm sich wie ein gerngesehener, vornehmer Gast in einem Haus, wo alles und alle ein bißchen unter seinem Rang stehen. Endre hörte ihm ruhig zu. Er ist der einzige Mensch auf der Welt, vor dem Lajos Angst hat und der gegen seine Zaubertricks immun ist, irgendwie von innen her gleichgültig gegenüber der magischen Ausstrahlung, die, wie Lajos glaubt, auf alles wirkt, auf Tier und Mensch und Dinge. Endre hörte ihm aufmerksam zu, wie einer, der die Tricks des Magiers, den versteckten Mechanismus hinter den Darbietungen kennt, der nicht staunt, wenn Lajos aus seinem Zylinder die Landesfahne hervorzaubert oder die Früchteschale plötzlich vom Eßtisch verschwinden läßt. Er blickte ihn fachkundig und interessiert an, ohne jegliche Bösartigkeit. Na, was kannst du noch? schien er zu fragen. Lajos machte zwischen den Nummern jeweils eine Pause und schielte ihn blinzelnd an.

Ich sah, wie er sich abmühte; Tibor und Laci waren betört von der Schönheit der Vorstellung. Später am Nachmittag erfuhr ich, daß auch Éva die Verlegenheit ihres Vaters bemerkt hatte. Es war, als wüßte Endre um eine schlichte und unleugbare Wahrheit, mit der er Lajos jederzeit in die Enge treiben konnte. Aber er war überhaupt nicht höhnisch, ja, nicht einmal unfreundlich.

»So, Lajos, da bist du also«, hatte er gesagt, und sie hatten sich die Hand gegeben.

Das war alles, und Lajos hatte verlegen gelacht. Er hätte ungehemmter vorgehen können, wenn die ersten Minuten des Wiedersehens keinen Augenzeugen gehabt hätten. Aber schließlich hatte er selbst Endre gerufen, mit einem eingeschriebenen Expreßbrief. Endre war gekommen, den Brief in der Tasche, und stand nun dick und ruhig mitten im Garten und hörte Lajos zu, wohlwollend und ohne Überheblichkeit, aber seiner selbst so sicher, daß er sich zu schämen schien, seine Überlegenheit auszunutzen, denn ein Blick, ein erhobener Zeigefinger hätten genügt, und Lajos hätte sofort den Mund gehalten, hätte sich verzogen, und die Vorstellung wäre zu Ende gewesen. Und doch konnte Lajos auf diesen unbequemen Zeugen anscheinend nicht verzichten. Hatte er sich nach langem Hin und Her endlich entschlossen, der Wahrheit ins Gesicht zu sehen? Denn für Lajos war immer Endre die Wahrheit gewesen, der nicht zu umgehende Richter und Zeuge, der unbarmherzige Widerstand, an dem sein Hokuspokus abprallte. Hatte er sich gesagt: »Bringen wir's hinter uns«? Jedenfalls schaute er mit einem solchen Blick auf den alternden Endre.

Endre war erst in den letzten drei, vier Jahren gealtert. Das Schwere und Schwerfällige in seinem Wesen, der rätselhafte Widerstand, mit dem er die Menschen von sich fernhielt, eine priesterliche Distanziertheit und das kritische Schweigen – die Eigenschaften, die ihn schon in der Jugend gekennzeichnet hatten – waren seit einigen Jahren zu einem Hindernis geworden, an dem sich jeder stieß, der mit ihm in Kontakt treten wollte. Er war nicht gerade unfreundlich, nur hatte man in seiner Gesellschaft immer das Gefühl, er wisse etwas Unanständiges von der Welt und wolle dieses Wissen für sich behalten. Seine Güte war schwerfällig, ängstlich und unbeholfen.

Auch jetzt blickte er auf Lajos, als wisse er alles, wobei es ihm überhaupt nicht in den Sinn kam, ihn zu verurteilen – oder zu begnadigen. Das »So, Lajos«, mit dem er ihn nach zwanzig Jahren begrüßt hatte, war nicht herablassend, auch nicht hochmütig oder streng, und doch spürte ich, daß Lajos unsicher geworden war: Er begann um sich zu blicken, zu fuchteln, sich mit dem Taschentuch die Stirn abzutrocknen. So waren die Rollen verteilt, als sie ihr Gespräch begannen, über die Ernte, glaube ich, oder die Politik. Dann zuckte Endre mit den Schultern, als hätte er genug gesehen und gehört, und setzte sich auf die Steinbank, wobei er mit einer Altmännergebärde die Hände über dem Bauch verschränkte. Bis zum späten Nachmittag dieses Tages, da er das Dokument verfaßte, mit dem ich Lajos zum Verkauf des Hauses ermächtigte, sprach er kein Wort mehr mit dem Gast.

Selbstverständlich wußten wir alle, daß Lajos auf mein Leben, besser: auf Nunus Leben und die Ruhe meiner letzten Jahre einen Anschlag vorhatte. Das Haus ragte hinter uns in die Höhe, von der Zeit ein bißchen mitgenommen, aber immerhin noch ganz imposant; das Haus, der letzte Wertgegenstand, den Lajos noch nicht weggenommen hatte, und jetzt war er gekommen, es sich zu holen. Im Augenblick, da ich Lajos' Telegramm erhalten hatte, wußte ich, daß er wegen des Hauses kam. So etwas denkt man nicht ausdrücklich und weiß es doch. Nur versuchte ich, mir etwas vorzumachen. Aber auch Endre wußte es, und Tibor auch. Später staunten wir alle, daß wir uns Lajos so kraft- und widerstandslos ergeben hatten – und beruhigten uns damit, daß es im Leben keine halben Lösungen gibt, daß früher einmal, fünfzehn Jahre zuvor, etwas begonnen hatte, das man jetzt abschließen mußte. Das wußte auch Lajos. Er stellte fest, daß das Haus ein bißchen feucht war, und dann redete er gleich von etwas anderem, als hätte er das Wesentliche erledigt, als wollte er keine Zeit mit Einzelheiten verlieren. Tibor und Laci standen neugierig neben ihm. Etwas später, vor dem Mittagessen, erschien ein Schneider, der ehemalige Schneider von Lajos, und überreichte ihm unter verlegenen Verbeugungen eine fünfundzwanzig Jahre alte Rechnung. Lajos umarmte ihn und schickte ihn weg. Die Herren tranken Absinth, redeten laut und lachten viel über Lajos' Anekdoten. Wir waren strahlender Laune, als wir uns an den Mittagstisch setzten.

12

Ich verstand nur nicht, was die fremde Frau da sollte. Lajos' Geliebte konnte sie nicht sein, sie war zu alt und stellte zuwenig vor. Es brauchte seine Zeit, bis mir aufging, daß der junge Mann, der als erster aus dem roten Wagen gestiegen war, die üblichen Höflichkeitsfloskeln gemurmelt und dann zu niemandem mehr etwas gesagt hatte – er beschäftigte sich ausschließlich mit der Erziehung des löwengesichtigen Hundes –, daß dieser junge Mann der Sohn der Frau war. Das alles war irgendwie gegen die Spielregeln. Der junge Mann war blond, hellblond, so hell, daß sein Gesicht nackt wirkte; man konnte seine Augenbrauen kaum von der Gesichtsfarbe unterscheiden, und er blinzelte fortwährend. Sein Haar war kraus und wollig wie das eines alten Negers. Später setzte er eine dunkelblaue Brille auf und verschwand völlig hinter den dunklen Gläsern. Erst gegen Abend erfuhr ich, daß er Évas Verlobter war und daß die Frau, irgendeine Gnädige, die fortwährend falsch betonte französische Wörter in ihre Sätze mischte, Lajos seit Jahren den Haushalt führte. Im Durcheinander der ersten Stunden war mir das alles noch nicht klar gewesen.

Die Frau, von den Kindern Olga gerufen, schien befangen und traurig – sie drängte sich nicht in unsere Gesellschaft und saß zunächst still am Frühstückstisch, spielte mit ihrem Sonnenschirm und starrte auf den Teller. Eine Abenteurerin, dachte ich, doch später merkte ich, daß es eine müde, unlustige Abenteurerin war, eine, die nicht mehr wirklich ans Abenteuer glaubte, sondern am liebsten sämtliche Unternehmungen aufgegeben hätte und zu einer stillen Beschäftigung, zum Häkeln oder zum Töpfern, zurückgekehrt wäre. Zuweilen verzog sie den Mund zu einem bitteren Lächeln und ließ gelbe Männerzähne sehen. Als wir endlich einander gegenüberstanden, wußte ich nicht, was sagen. Wir maßen uns mit den Augen, lächelnd zuerst, dann ohne zu lächeln, harten Blickes und mit unverhülltem Mißtrauen. Ein süßliches Parfüm entströmte ihren Kleidern und ihrem gefärbten gelben Haar.

»Liebe Eszter«, sagte sie.

Ich sagte laut und abwehrend: »Gnädige Frau.«

Dann mußte ich lachen. Das Haus schien zu schweben in dieser Stunde des späten Vormittags, so wie die flimmernden Lichthäuser einer Luftspiegelung. Türen schlugen zu, Lajos holte aus einer Schachtel eine Schildkröte heraus und führte vor, wie das Tier auf Musik hörte, wie es auf Pfeifen reagierte, den schrumpeligen Hals reckte und zischend Zeichen gab. Er hatte das Reptil als Kuriosität, als Dekor, als Zeugnis und Triumph seiner unvergleichlichen Dressurkünste mitgebracht. Die Schildkröte hatte großen Erfolg. Man bestaunte begeistert die Darbietung, nicht einmal der ernste Endre vermochte seine Neugier zu unterdrücken.

Dann verteilte Lajos Geschenke: eine Armbanduhr für Laci, eine seltene, in zwei unterschiedliche Ledersorten gebundene Ausgabe französischer Verse für Nunu – er hatte die Bände mit einer Widmung versehen, ohne sich im geringsten darum zu kümmern, daß Nunu kein Wort Französisch verstand –, teure ausländische Zigarren für Tibor und Endre, für mich ein Halstuch aus schwerer lila Seide. Die allgemeine Aufregung hatte ihren knisternden Höhepunkt erreicht. Vor dem Gartenzaun lungerten bereits Neugierige herum, und so zogen wir uns ins Haus zurück. Dort hing der heiße Geruch würziger Speisen, der Feiertagsgeruch, der etwas Ewiges und Unvergeßliches hat, etwas von den großen Momenten des Lebens, von den Tischdeckgeräuschen, dem hastigen Eifer, dem Türenzuschlagen, dem Tellerklappern, dem gedämpften Gespräch essender Gäste, von begeistertem Geschrei, von einem so physischen wie musikalischen Fortissimo, davon, daß das Leben wunderbar und festlich ist! So ging es zu im Haus. Die fremde Frau setzte sich in eine Ecke und redete eintönig.

Sie erzählte, sie habe Lajos acht Jahre zuvor kennengelernt, als sie sich von ihrem Mann trennte. Ihr Sohn war irgendein Beamter, wo und in welcher Funktion, das sagte sie nicht. Ich hatte Menschen, wie es diese Frau und ihr Sohn waren, bis dahin noch nicht aus der Nähe gesehen. Manchmal hatte ich, in Illustrierten blätternd, Photographien bewundert, auf denen die heutige Jugend, oder zumindest eine ihrer Varianten, zu sehen war: jener Menschenschlag, der nachmittags in breitschultriger Kleidung in Hotelhallen tanzt oder Flugzeuge pilotiert oder seinen Zielen auf Motorrädern zustrebt, auf dem Soziussitz eine junge Frau, deren Rock über die Knie hinaufgerutscht ist. Ich weiß, daß es auch eine andere Jugend gibt, eine echtere. Die auf den Bildern ist nur eine Karikatur, ein fremder, beunruhigender Schlag, von dem ich nichts Genaues weiß. Ich weiß nur, daß ich mit dieser Art Menschen nichts gemeinsam habe. Ich merke es an der Verwirrung und an der Hilflosigkeit, die ich solchen Leuten gegenüber empfinde, merke, daß es auf der Welt eine Art Menschen gibt, zu denen mir der Weg versperrt ist: motorisierte, Tanzbeine schwingende Gestalten, die in Filmen auftreten und sich ein bißchen jenseits der Vereinbarung befinden, die meine Eltern und ich mit der Gesellschaft getroffen hatten. In dem jungen Mann zum Beispiel war etwas, das nicht auf die Bühne des Alltags paßte. Vielleicht ist er ein Romanheld, dachte ich, dann aber doch eher der Held eines Kriminalromans. Er redete kaum, und wenn er etwas sagte, blickte er zur Decke und sprach die Wörter singend und artikuliert aus. Auch er war traurig, wie seine Mutter, eine trostlose Traurigkeit ging von beiden aus. Ich hatte noch nie empfunden, daß Menschen so schreiend, so beleidigend fremd sein konnten. Er trank nicht, er rauchte nicht. Am linken Handgelenk trug er eine dünne Goldkette, und manchmal riß er die Hand hoch, als wollte er jemanden schlagen, und ließ die Kette mit einer mechanischen Bewegung an seinem Arm weiter nach oben gleiten. Ich erfuhr dann, daß er kurz zuvor dreißig geworden war und in irgendeinem Büro einer politischen Partei als Sekretär arbeitete. Wenn er seine dunkelblaue Brille abnahm und mit wäßrigen Augen auf die Personen und Gegenstände des Zimmers blickte, wirkte er älter als Lajos.

Was gibst du dich mit ihnen ab! sagte ich zu mir. Ich konnte aber nicht umhin zu merken, daß er die Gesellschaft im Auge behielt. Schon sein Name gefiel mir nicht, dieser nichtssagende Allerweltsname: Béla hieß er. Etwas in mir reagiert stark auf Namen, mit Zustimmung oder Abwehr. Es ist ein unausgegorenes, ungerechtes Gefühl. Und doch bestimmen solche unausgegorenen Gefühle unsere Beziehung zur Welt, unsere Sympathien und Feindseligkeiten. Ich konnte mich nicht lange mit dem jungen Mann beschäftigen, denn seine Mutter belegte mich vor dem Mittagessen völlig mit Beschlag. Sie erzählte unaufgefordert ihr ganzes Leben. Die Erzählung war eine einzige, die irdischen und himmlischen Mächte zur Wiedergutmachung auffordernde Anklage – gegen Frauen und Männer, Verwandte und Liebhaber, Kinder und Ehemänner. Sie leierte diese Anklage in runden Sätzen herunter, als sage sie eine Lektion auswendig her. Alle hatten sie betrogen, alle waren gegen sie, alle hatten sie am Ende verlassen: Das war, soweit ich verstand, die Quintessenz ihrer Klagerede. Mir war es unheimlich, denn eine Wahnsinnige schien da zu reden. Auf einmal kam sie ohne Übergang auf Lajos zu sprechen. In einem vertraulichen, zynischen Ton, den ich nicht ertrug. Jetzt spürte ich gedemütigt, daß Lajos in der Gesellschaft von dubiosen kleinen Leuten in mein Haus eingefallen war, und schließlich hat man noch seine Würde. Ich stand auf, in der Hand das lila Seidentuch.

»Wir kennen uns nicht«, sagte ich. »Vielleicht sprechen wir besser nicht darüber.«

»Was das betrifft«, sagte sie gelassen, »so werden wir noch viel Zeit haben, darüber zu sprechen. Wir werden uns schon noch kennenlernen, liebe Eszter.«

Sie zündete eine Zigarette an, ließ den Rauch lange ausströmen und starrte mich hinter der Rauchwolke so ruhig an, als hätte sie schon alles erledigt, alles entschieden, als wüßte sie etwas, das ich nicht wußte, und als bliebe mir gar nichts anderes mehr übrig, als zu gehorchen.

13

Drei Gespräche muß ich hier festhalten. Nichts anderes geschah am Nachmittag, als daß sich Éva, Lajos und der »berufshalber« herbeigebetene Endre einer nach dem anderen bei mir einstellten. Nach dem Mittagessen zerstreuten sich die Gäste. Lajos ging ein Schläfchen machen, mit einer Selbstverständlichkeit, als wäre er zu Hause und wollte eine eiserne Gewohnheit nicht aufgeben. Gábor und die Fremden brachen im Wagen auf, um Burgruine, Kirche und Landschaft zu besichtigen, und sie kamen erst nach Sonnenuntergang wieder. Éva trat gleich nach dem Mittagessen in mein Zimmer. Ich stellte mich mit ihr ans Fenster, nahm ihren Kopf in beide Hände und betrachtete sie lange. Sie erwiderte meinen Blick aus ruhigen, klaren blauen Augen.

»Du mußt mir helfen, Eszter«, sagte sie dann. »Nur du kannst es.«

Sie hatte eine hohe, leicht singende Stimme, wie ein Schulkind. Sie reichte mir gerade bis an die Schultern. Ich umarmte sie, aber dann kam mir die Szene zu gefühlvoll vor, und ich war froh, als sie sich mit leisem Sträuben aus meinen Armen wand. Sie ging zur Kommode, zündete eine Zigarette an, hustete ein bißchen und begann, noch verlegen von der etwas künstlichen Szene, die aufgestellten Gegenstände und gerahmten Photographien zu betrachten. Für mich ist diese polierte Kommodenplatte ein Heiligtum wie für die Chinesen der Hausaltar, vor dem sie sich zu Ehren der Ahnen verneigen. In einer langen Reihe blicken mich alle an, die ich geliebt habe, alle, die in meinem Leben wichtig waren. Ich trat neben sie und beobachtete, wie sie mit den Augen alles abtastete.

»Das ist Mutter«, sagte sie leise, heiter. »Wie schön sie ist. Da ist sie wahrscheinlich jünger, als ich jetzt bin.«

Von dem Bild blickte die achtzehnjährige Vilma auf uns, ein wenig pummelig, nach der damaligen Mode gekleidet, in weißem Spitzenkleid und hohen schwarzen Schnürstiefeln, mit aufgelöstem, zu Zapfenlocken gedrehtem und in die Stirn fallendem Haar, in den Händen Blumen und einen Fächer. Es war eins von den feierlichen Bildern, eckig und unnatürlich. Nur die dunklen, fragenden Augen verrieten etwas von der zornigen, leidenschaftlichen Vilma der späteren Jahre.

»Erinnerst du dich an sie?« fragte ich und merkte, daß meine Stimme unsicher klang.

»Nur undeutlich«, sagte sie. »Einmal tritt jemand ins dunkle Zimmer, beugt sich über mich, und es kommt ein warmer, vertrauter Duft von ihm. Das ist alles, was ich noch weiß. Ich war erst drei, als sie starb.«

»Dreieinhalb«, sagte ich verwirrt.

»Ja. Aber richtig erinnere ich mich nur an dich. Immer zupfst du an mir herum, ordnest mir die Kleider oder das Haar, immer gehst du durch das Zimmer, ewig hast du zu tun. Dann verschwindest auch du. Warum bist du weggegangen, Eszter?«

»Still«, sagte ich. »Sei still, Éva, du verstehst das noch nicht.«

»Noch nicht?« fragte sie und begann zu lachen, mit ihrer singenden, allzu gedehnten, gekünstelten Stimme, die jedes ihrer Worte überaus wichtig und selbstbewußt klingen ließ. »Du spielst immer noch das Mütterchen, Eszter, Liebes«, sagte sie gutgelaunt, hochmütig und mitleidig. Und jetzt war sie es, die – ganz nach Erwachsenenart – mir den Arm um die Schultern legte, mich zum Sofa führte und mich hinsetzte.

Wir blickten uns an wie zwei Frauen, die voneinander alles wissen, oder immerhin ahnen. Plötzlich durchfuhr mich heiße Aufregung. Vilmas Tochter! dachte ich. Die Tochter von Vilma und Lajos. Ich spürte, wie ich rot wurde: Die Eifersucht brach aus solcher Tiefe und mit solcher Wucht hervor, daß es mich erschreckte; eine eifersüchtige Stimme begann in mir zu schreien. Ich wollte sie gar nicht zum Schweigen bringen. Das könnte deine Tochter sein! schrie die Stimme. Deine Tochter, der Inhalt deines Lebens. Warum war sie zurückgekommen? Ich senkte den Kopf und vergrub das Gesicht aufgeregt in meinen Händen. Der Augenblick war stärker als die Scham, die ich wegen dieser Geste empfand. Ich wußte, daß ich jetzt mein Geheimnis preisgab, daß mich jemand beobachtete und meine Schande und meinen inneren Kampf ungerührt zur Kenntnis nahm. Und die junge Frau, die meine Tochter hätte sein können, erlöste und rettete mich nicht aus dieser kläglichen Situation. Nach einer ewig langen Zeit hörte ich wieder ihre merkwürdige, selbstbewußte und gleichgültige Stimme.

»Du hättest nicht weggehen sollen, Eszter. Es war sicher nicht leicht mit Vater, aber du hast doch bestimmt gewußt, daß nur du ihm helfen konntest. Und dann waren wir auch noch da, Gábor und ich. Uns hast du auch hübsch dem Schicksal überlassen. Wie zwei Kinder, die man vor dem Tor aussetzt. Warum hast du das getan?«

Und da ich schwieg, sagte sie ruhig: »Aus Rache hast du's getan. Warum schaust du mich so an? Du warst schlecht und hast aus Rache gehandelt. Du warst die einzige Frau, die Macht über Vater hatte. Du warst die einzige Frau, die er geliebt hat. Nein, Eszter, das weiß auch ich, und zwar mindestens so gut wie du und Vater. Was ist zwischen euch vorgefallen? Ich habe oft darüber nachgedacht. Ich hatte zum Nachdenken eine ganze Kindheit lang Zeit genug. Und diese Kindheit war nicht besonders heiter, das kannst du mir glauben. Kennst du die Einzelheiten? Ich erzähle sie dir gern. Deswegen bin ich gekommen – um sie dir zu erzählen. Und dich um Hilfe zu bitten. Ich glaube, du bist uns das schuldig.«

»Mit allem«, sagte ich, »ich will mit allem helfen, was ich habe.«

Ich richtete mich auf. Ich hatte mich wieder gefangen.

»Schau, Éva«, sagte ich und war jetzt auch ruhig. »Dein Vater ist ein sehr interessanter, sehr begabter Mensch. Aber all diese Dinge, über die wir jetzt sprechen, haben sich in seinem Gedächtnis vielleicht ein bißchen verwischt. Du mußt wissen, daß dein Vater leicht vergißt. Denke ja nicht, ich wolle ihn schlechtmachen. Er kann nichts dafür. Es ist sein Naturell ...«

»Ich weiß«, sagte sie. »Vater erinnert sich nicht an die Wirklichkeit. Er ist ein Dichter.«

»Ja«, sagte ich erleichtert. »Mag sein, daß er ein Dichter ist. Die Wirklichkeit verwischt sich in seiner Vorstellung. Deshalb darf man nicht alles glauben, was er sagt ... Er erinnert sich nicht richtig. Die Zeit, von der du sprichst, war die schwerste meines Lebens, manchmal fast unerträglich schmerzvoll und verworren. Du sprichst von Rache! Was ist das für ein Wort? Wer hat es dir beigebracht? Gar nichts weißt du! Alles, was dein Vater von jener Zeit erzählen mag, ist Schall und Rauch. Ich hingegen erinnere mich an die Wirklichkeit. Und die sah anders aus. Ich schulde niemandem Rechenschaft.«

»Aber ich habe die Briefe gelesen«, sagte sie sachlich.

Jetzt war ich es, die verstummte. Wir schauten einander an.

»Was für Briefe?« fragte ich entsetzt.

»Die Briefe, Eszter«, wiederholte sie lebhafter. »Vaters Briefe, alle drei, die er dir damals geschrieben hat. Du weißt ja, als er zu euch ins Haus kam, als er nur dich im Kopf hatte, als er dich anflehte, alles stehenzulassen und mit ihm davonzulaufen, weil er es sonst nicht mehr aushalte, mit sich selbst nicht, mit seinem eigenen Charakter nicht, und mit Vilma nicht, die stärker ist als er und die dich haßt, Eszter... denn Mutter hat dich gehaßt... Warum? Weil du jünger warst? Oder schöner, natürlicher? Darauf könntest nur du antworten.«

»Was redest du, Éva?« rief ich und schüttelte sie am Arm. »Was für Briefe? Was phantasierst du da?«

Sie machte ihren Arm los, strich sich mit ihrer feinen Kinderhand über die Stirn und blickte mich groß an: »Warum lügst du?« fragte sie kalt und hart.

»Ich habe noch nie gelogen«, sagte ich.

Sie zuckte mit den Schultern. »Ich habe die Briefe gelesen«, sagte sie und verschränkte die Arme wie ein Untersuchungsrichter. »Sie lagen die ganze Zeit im Schrank, in Mutters Wäscheschrank, wo du sie versteckt hast... Du weißt ja, in der Rosenholzschachtel... Vor drei Jahren etwa habe ich sie gefunden.«

Ich fühlte, wie ich erbleichte, wie mein Kopf blutleer wurde.

»Sag mir alles«, bat ich sie dann. »Denke, was du willst, denke, daß ich lüge. Aber erzähle mir alles von den Briefen.«

»Ich verstehe dich nicht«, sagte sie jetzt lebhaft und erstaunt. »Ich rede von den drei Briefen, die Vater dir geschrieben hat, als er mit Mutter verlobt war, und in denen er dich anfleht, ihn aus dieser emotionalen Gefangenschaft zu befreien, weil er nur dich liebt. Der letzte Brief stammt vom Vorabend seiner Hochzeit. Ich habe die Daten verglichen. In diesem Brief schreibt er, daß er mit dir nicht von Angesicht zu Angesicht sprechen kann, weil er zu schwach ist, weil er sich wegen Mutter schämt. Ich glaube, Vater hat nie einen ehrlicheren Brief geschrieben. Er schreibt, er sei ein Verletzter und Gescheiterter, und er vertraue nur dir, nur du könntest ihm das Selbstvertrauen und das Gleichgewicht zurückgeben. Er bittet dich, mit ihm wegzugehen, dich um nichts zu kümmern, ihr würdet ins Ausland reisen, und er lege sein Schicksal in deine Hände. Ein verzweifelter Brief. Es kann doch nicht sein, Eszter, daß du dich nicht an ihn erinnerst. Nicht wahr, Eszter? Aus irgendeinem Grund willst du mit mir nicht von diesen Briefen sprechen ... Vielleicht tut es dir weh, wegen Mutter, oder du schämst dich vor mir. Ich habe aber alles verstanden, als ich diese Briefe las, und seit einigen Jahren sehe ich Vater mit ganz anderen Augen. Es reicht schon, wenn jemand einmal im Leben stark und gut sein will. Es ist nicht seine Schuld, daß es nicht gelungen ist. Warum hast du nicht geantwortet?«

»Was hätte ich antworten sollen?« fragte ich so gleichmütig und sachlich, als hätte ich von den Briefen tatsächlich gewußt und würde meine Lüge gestehen.

»Antworten? ... Ach Gott. Jedenfalls hätte es eine Antwort gebraucht. Auf solche Briefe antwortet man. Solche Briefe bekommt man nur einmal im Leben. Er hat geschrieben, er warte bis zum Morgen auf deine Antwort. Wenn sie nicht eintreffe, wisse er, daß du die Kraft nicht hast, es zu tun ... Und dann könne auch er nichts anderes mehr tun als bleiben und Mutter heiraten. Über all das konnte er nicht mit dir sprechen. Er hatte Angst, du würdest ihm nicht glauben, weil er schon so viel gelogen hatte. Ich kann nicht wissen, was zwischen euch vorgefallen war ... Ich habe auch kein Recht, danach zu fragen. Aber du hast den Brief nicht beantwortet, und dann ist alles auf eine fürchterliche Art schiefgelaufen, verzeih, Eszter ... Jetzt, da es vorbei ist, glaube ich, daß auch du daran schuld bist.«

»Wann hat dein Vater diese Briefe geschrieben?«

»In der Woche vor seiner Hochzeit.«

»Wohin hat er sie adressiert?«

»Wohin? Hierher, an dich, nach Hause. Du hast ja hier gelebt, Mutter auch.«

»Du hast die Briefe in einer Rosenholzschachtel gefunden?«

»Ja. In einer Schachtel. In Mutters Wäscheschrank.«

»Hatte jemand den Schlüssel zu dem Schrank?«

»Nur du. Und Vater.«

Was konnte ich sagen? Ich ließ ihren Arm los, stand auf, trat vor die Kommode, hob Vilmas Bild hoch und betrachtete es. Es war lange her, daß ich das Bild in den Händen gehalten hatte. Jetzt starrte ich auf die vertrauten und doch beängstigend fremden Augen, auf die Stirn, und plötzlich begriff ich.

14

Meine Schwester Vilma hat mich gehaßt. Es stimmte, was Éva sagte: Zwischen uns hat eine Art Urhaß gelodert, eine namenlose, dunkle Feindschaft, deren Grund sich mit den Jahren verlor. Wir hätten nie genau formulieren können, warum wir einander haßten. Denn auch ich haßte sie und suchte keine Gründe und Vorwände dafür. Keine von uns hätte sagen können, es liege an der und der beleidigenden Handlung, die und die bösen Worte seien gefallen, und deswegen seien wir so gegeneinander aufgebracht. Immer war Vilma die stärkere, auch in ihrem Haß. Hätte man sie gefragt, warum sie mich so unerbittlich hasse, hätte sie siedendheiße Anklagen und Begründungen vorgebracht, aber das alles hätte unseren Haß nicht erklärt. Wir hatten vergessen, woher er kam. Es blieb nur die Feindseligkeit, ein brodelndes, dichtes Gefühl, das mit seiner schlammigen Flut die ganze seelische Landschaft überschwemmte, und als Vilma starb, blieben anstelle der verwandtschaftlichen Gefühle verödete Landstriche zurück.

Ich hielt mir das Bild nahe an meine kurzsichtigen Augen. Wie stark doch die Toten sind! dachte ich hilflos. In diesem Augenblick lebte Vilma wieder, in jener geheimnisvollen Existenzform, in der nur die Toten zeitweise unser Leben zu bestimmen vermögen, die Toten, die wir tief unter der Erde wähnen, den unerbittlichen Gesetzen des Verfalls ausgeliefert. Doch dann tauchen sie eines Tages auf und nehmen das Heft in die Hand. Vielleicht ist dieser heutige Tag Vilmas Tag! dachte ich. Und ich erinnerte mich an den Nachmittag, als sie im Sterben lag, als sie ihre Umgebung nur noch für Augenblicke erkannte, als ich an ihrem Bett weinte und auf ein Wort von ihr wartete, ein Wort des Abschieds, der Vergebung, der Versöhnung. Aber ich spürte, daß ich selbst ihr nicht einmal angesichts des Todes verziehen hatte und daß sie auf der Schwelle des Todes mir ebensowenig verzeihen konnte. Ich vergrub das Gesicht in den Händen und weinte. Da sagte sie: »Du wirst noch an mich denken!« Sie redet im Wahn. Sie hat mir vergeben! dachte ich hoffnungsvoll. Aber ich spürte wohl, daß sie mir drohte. Dann ist sie gestorben. Nach der Beerdigung blieb ich noch monatelang in der Wohnung. Man konnte die Kinder nicht allein lassen. Lajos war ins Ausland gereist und blieb während einiger Monate weg. Ich lebte in der leeren Wohnung und wartete auf etwas.

Doch Vilmas Schrank, jenen Schrank, in dem Éva später die Briefe fand, machte ich nie auf. Wenn man mich fragte, warum, würde ich vielleicht edel und wohlklingend antworten, ich hätte kein Recht, in den Geheimnissen der Toten zu wühlen. In Tat und Wahrheit war ich feige, ich hatte Angst vor dem Inhalt des Schranks, Angst vor der Erinnerung an Vilma. Denn als sie starb und den dauernden leidenschaftlichen Dialog, die Auseinandersetzung zwischen uns einseitig beendete, da war es, als hätte sie alle gemeinsame Erinnerung, jedes gemeinsam und aufgeregt verfolgte Ziel mit einem Bann belegt. Lajos verreiste nach der Beerdigung, und ich lebte mit den Kindern in der Wohnung, in der mir nichts gehörte und in der doch alles ein wenig mir weggenommen war, wo die Gebrauchsgegenstände mit dem Siegel eines geheimnisvollen Pfändungsbeamten versehen schienen – damals war in der Wohnung erst die Ahnung eines solchen unsichtbaren Beamten zu spüren, der echte und alltägliche stellte sich erst später ein, in der Hand die Auflistung von Lajos' Schulden –, wo ich den Haushalt führte und doch nichts wirklich und rechtmäßig zu berühren wagte, wo ich für die Kinder sorgte, aber auf zaghaftere Art als eine fremde Kinderfrau. Alles war feindlich in dieser Wohnung, alles war mit einem Verbot belegt, an allem haftete das geheimnisvolle, ungute Etwas, das den tieferen Sinn von Mein und Dein bestimmt. Hier gehörte mir gar nichts mehr. Vilma hatte alles mitgenommen, was ich gern gehabt hätte, hatte alles verdorben und verboten, wonach ich mich sehnte. Sie herrschte über uns mit der eisernen Macht der Toten. Eine Zeitlang hielt ich stand. Ich wartete auf Lajos, wartete auf ein Wunder.

Von seinen Reisen im Ausland schrieb er selten, und wenn doch, dann meistens Ansichtskarten. Jetzt spielte er schon wieder Komödie, es war ein »großer Augenblick« für ihn, ein schicksalhafter Moment, den man mit großen Gebärden und in vollem Kostüm zu spielen hatte. Das Kostüm war die Trauer, die große Gebärde der Aufenthalt im Ausland. Er war aufgebrochen wie einer, der den Schmerz nicht aushält, der vor den Erinnerungen flieht.

In Wirklichkeit, glaube ich, amüsierte er sich in den fremden Städten bestens; er pflegte Geschäftsbeziehungen, »vergrub sich in der Arbeit«, wie er sagte, das heißt also, daß er hin und wieder tatsächlich ein Museum oder eine Bibliothek aufsuchte, wobei er doch wohl eher in Kaffeehäusern und Restaurants herumsaß und an zärtlichen Beziehungen arbeitete.

Er hat eine elastische Seele, dachte ich. Doch in diesen Monaten des Wartens begriff ich, daß man mit ihm nicht leben konnte, daß ihm und seinen Handlungen das Bindemittel fehlte, ohne das man keine zwischenmenschlichen Beziehungen aufbauen kann. Seine Tränen waren zwar echt, aber sie lösten in ihm nichts auf, brachten weder Erinnerungen noch Schmerz an die Oberfläche. Lajos gab sich der Freude oder der Trauer immer völlig hin, aber im Grunde fühlte er nichts. Das hatte etwas Unmenschliches. Als er vier Monate später zurückkam, wartete ich es nicht ab; ich reiste ein paar Tage vorher nach Hause, überließ die Kinder einer zuverlässigen Frau, und an Lajos schrieb ich einen Brief, in dem ich ihm erklärte, daß ich diese künstliche Mutterrolle nicht wünsche, daß mich seine Angelegenheiten nicht interessierten, daß ich ihn nicht mehr sehen wolle. Es kam nie eine Antwort auf diesen Brief. In den ersten Wochen, ja, in den ersten Jahren wartete ich tatsächlich auf eine Antwort, später begriff ich, daß er nicht schreiben konnte, daß die Welt, in der wir zwei gelebt hatten, zerfallen war. Und so erwartete ich gar nichts mehr.

Jetzt, da Éva anklagend und aufgebracht von den Briefen sprach, fiel mir plötzlich die Rosenholzschachtel ein. Diese Schachtel hatte nämlich mir gehört. Ich hatte sie von Lajos zu meinem sechzehnten Geburtstag bekommen, aber Vilma wollte sie von mir haben. Ich gab sie ungern her. Damals kannte ich Lajos noch nicht wirklich, und ich kannte auch meine Gefühle für ihn nicht. Vilma bettelte so lange, bis ich ihr die Schachtel gab, zögernd, aber doch ohne besonderen Widerstand; wahrscheinlich war mir die Bettelei verleidet. Vilma nahm mir so ziemlich alles ab, was den Weg zu mir gefunden hatte: Kleider, Bücher, Notenhefte, alles, von dem sie merkte, daß es mir ein bißchen wichtig war oder Freude bereitete. Deshalb wollte sie auch die Rosenholzschachtel haben. Eine Weile widerstand ich, dann war ich die Sache leid, und ich gab die Schachtel her. Ich mußte es tun, ganz einfach weil sie die Stärkere war. Später, als ich zu ahnen begann, was es mit Lajos und mir auf sich hatte, bat ich sie verzweifelt, die Schachtel zurückzugeben. Aber da behauptete sie, die Schachtel sei verlorengegangen. Dieses mit Rosenholz ausgelegte, würzig und auch ein wenig stickig riechende Schächtelchen mit dem roten Seidenfutter war das einzige Geschenk, das ich von Lajos im Leben bekommen hatte. Den Ring habe ich nie als ein echtes Geschenk betrachtet. Die Schachtel verschwand aus meinem Leben. Und jetzt war sie in Évas Bericht wieder zum Vorschein gekommen, nach Jahrzehnten, mit einem so seltsamen Inhalt, drei Briefen von Lajos, in denen er mich anflehte, mit ihm vor seiner Hochzeit davonzulaufen, ihn zu retten. Ich stellte die Photographie wieder an ihren Platz.

»Was genau wollt ihr von mir?« fragte ich und lehnte mich an die Kommode.

15

»Schau, Eszter«, sagte Éva jetzt ein bißchen verlegen und zündete wieder eine Zigarette an. »Vater wird es dir sagen. Ich glaube, er hat recht. Wie du dir wohl denken kannst, ist einiges vorgefallen, seit du uns verlassen hast. Es ist einiges vorgefallen, und nicht immer nur Angenehmes. An die erste Zeit erinnere ich mich nicht. Dann sind wir in die Schule gekommen, und es begann ein bewegtes Leben. Jedes Jahr wechselten wir die Wohnung, die Schule, die Kinderfrauen. Diese Kinderfrauen … Ach, Gott … Du kannst dir wohl denken, daß Vater nicht sehr wählerisch war. Die meisten sind davongelaufen, unter Mitnahme einiger Einrichtungsgegenstände, oder wir liefen ihnen davon und ließen Mietwohnung, Möbel, unser Zuhause zurück. Eine Zeitlang, da war ich ungefähr zwölf, schlugen wir unser Lager in Hotelzimmern auf. Das war ein hochinteressantes Leben. Der Zimmerkellner half uns beim Anziehen, der Liftboy bei den Schulaufgaben, Vater war manchmal tagelang abwesend, und die Zimmermädchen paßten auf uns auf und übernahmen unsere Erziehung. Manchmal aßen wir im Hotelzimmer tagelang Hummer, manchmal aßen wir tagelang kaum etwas. Vater mag Hummer sehr. So sind wir aufgewachsen. Anderen Kindern gibt man Sauermilch oder Vitamine … Aber meistens hatten wir es doch lustig. Später, als es Vater besserging und wir ins bürgerliche Leben zurückkehrten, eine Wohnung hatten, einen Haushalt führten und Vater irgendeine Unternehmung angefangen hatte – ich zitterte schon als Kind vor Vaters Unternehmungen –, da wünschten wir manchmal das Hotelleben zurück, denn auch im sogenannten bürgerlichen Dasein lebten wir wie Nomaden in der Wüste. Weißt du, Vater ist kein Stadtmensch. Widersprich mir nicht, ich kenne ihn wahrscheinlich besser. Er hat überhaupt keine Beziehung zu Gegenständen, manchmal denke ich, es ist ihm sogar gleich, ob er am Abend ein Dach über dem Kopf hat. Er hat etwas vom Jäger und Sammler: Morgens setzt er sich auf sein Pferd – einen Wagen hatte er immer, auch in den schlechtesten Zeiten, und meistens fuhr er ihn selbst – und zieht los in der besonderen Wüste oder in dem besonderen Wald, wie es für ihn die Stadt ist, er nimmt Witterung auf, legt sich auf die

Lauer, erlegt einen Hunderter, bringt ihn nach Hause, brät ihn und gibt jedem einen Bissen davon. Und dann interessiert ihn während mehrerer Tage oder Wochen, solange eben die Beute vorhält, nichts mehr ... Im Grunde ist es das, was wir an Vater lieben; auch du liebst das an ihm, Eszter. Vater wirft ein Klavier oder eine gute Stelle weg wie einen alten Handschuh, er kann Gegenstände und Werte nicht ehren. Wir Frauen verstehen das nicht ... Ich habe von Vater schon viel gelernt, aber sein wahres Geheimnis, diese Leichtigkeit, diese Ungebundenheit werde ich nie lernen. Nichts vermag ihn festzuhalten, ihn interessiert nur die Gefahr, die besondere Gefahr, das Leben ... Gott mag das wissen und verstehen ... Diese Gefahr braucht er, dieses Leben unter den Menschen, ein Leben ohne Kompromisse, ja, es ist so, daß er Kompromisse aus Neugier bricht und dann achtlos aufgibt. Hast du das nicht verstanden, als ...? Oder, ja, hast du das nicht gespürt? Ich hatte schon als Kind das Gefühl, wir wären Zeltbewohner, Angehörige eines durchziehenden Volksstammes, manchmal auf gefährlichem, manchmal auf freundlichem Gebiet unterwegs, Vater, mit Pfeilbogen und Köcher, geht voran, blickt sich vorsichtig um, eilt zum Telefon, lauscht, lauert auf besondere Zeichen, und wird dann plötzlich ganz lebendig, ganz wach, ganz sprungbereit ... Von irgendwoher nähern sich Elefanten der Quelle, und Vater im Unterholz legt den Pfeilbogen an. Lachst du mich aus?«

»Nein«, sagte ich mit trockener Kehle. »Sprich nur. Ich lache dich nicht aus.«

»Du weißt ja, die Männer«, sagte sie jetzt altklug mit einem leichten Seufzer. Ich mußte lachen, wurde aber gleich wieder ernst. Ich ahnte, daß Vilmas Tochter, dieses Kind, vor dem ich so leichthin die reife erwachsene Frau gab, etwas von den Männern wußte, jedenfalls mehr und Sichereres wußte als ich, die seine Mutter hätte sein können. Ich schämte mich für mein Lachen.

»Ja, ja«, sagte sie und blickte mich unschuldig aus großen blauen Augen an. »Die Männer. Es gibt eben Männer, die sich weder durch Familie noch durch Gegenstände oder Güter gebunden fühlen. Einst waren das die Jäger, die Fischer. Vater war manchmal monatelang verreist. Bei solchen Gelegenheiten mußten wir ins Internat, zu den Nonnen, die uns erschrocken und gütig in einen ordentlichen Zustand zu bringen versuchten, als hätten sie uns am Straßenrand aufgelesen, als wäre unser Haar zottig vom Urwald, als hätten wir bis dahin mit den Affen zusammen vom Brotbaum gegessen. Es war eben doch eine abwechslungsreiche, farbige Kindheit ... Ich will gar nicht klagen.

Denk bloß nicht, ich wolle mich über Vater beklagen. Ich habe ihn geliebt, und am meisten mochte ich ihn vielleicht, wenn er von seinen mehrmonatigen Abenteuern zurückkam, ein bißchen zerzaust und völlig ausgepumpt, als hätte er mit den wilden Tieren gekämpft. Für eine Weile war er dann sehr gut zu uns. Er nahm uns am Sonntagmorgen ins Museum mit, dann in die Konditorei und ins Kino. Er verlangte von mir meine Aufgabenhefte, setzte sich das Monokel ein und rügte und belehrte mich ernsthaft ... Das war sehr lustig: Vater als Pädagoge, das kannst du dir ja vorstellen!«

»Ja«, sagte ich. »Der Ärmste.«

Aber ich wußte gar nicht recht, mit wem ich eher Mitleid hatte, mit den Kindern oder mit Lajos. Und Éva fragte nicht danach. Sie war offensichtlich in den Erinnerungen versunken. Und sagte dann freundlich und gleichmütig: »Eigentlich lebten wir gar nicht schlecht. Bis dann eines Tages diese Frau gekommen ist.«

»Wer ist das?« fragte ich mit möglichst ruhiger Stimme.

Sie zuckte mit den Achseln: »Das Schicksal«, sagte sie mit spöttisch verzogenem Mund. »Du weißt, die Frau, die im kritischen Augenblick auftaucht. Im letzten Augenblick ...«

»In was für einem Augenblick?«

»In dem Augenblick, als Vater zu altern begann. In dem Augenblick, als der Jäger merkt, daß sein Auge nicht mehr scharf ist und seine Hände zittern. Eines Tages ist Vater erschrocken.«

»Wovor?«

»Vor dem Alter. Vor sich selbst. Eszter, es gibt nichts Traurigeres, als wenn ein solcher Mensch alt wird. Da kann über ihn herfallen, wer will.«

»Was hat sie mit ihm gemacht?«

Wir redeten flüsternd wie zwei Verschwörerinnen.

»Sie hat Macht über ihn.«

Dann fügte sie hinzu: »Wir schulden ihr Geld. Hast du gehört, daß ich ihn heiraten werde?«

»Ihren Sohn?«

»Ja.«

»Liebst du ihn?«

»Nein.«

»Warum heiratest du ihn dann?«

»Ich muß Vater retten.«

»Was weiß er über ihn?«

»Etwas Ungutes. Er ist im Besitz von Wechseln.«

»Liebst du einen anderen?«

Sie sagte nichts und betrachtete ihre rosarot lackierten Fingernägel. Dann sagte sie ruhig und reif:

»Ich liebe Vater. Auf der Welt gibt es zwei Menschen, die Vater lieben: du, Eszter, und ich. Gábor zählt nicht, er ist völlig anders.«

»Du willst ihn also nicht heiraten?«

»Gábor ist viel ruhiger«, sagte sie ausweichend. »Er ist irgendwie eingeschlossen in einer Art Taubheit. Er will nichts hören, und er scheint auch nicht zu sehen, was um ihn herum geschieht. Er wehrt sich auf diese Art.«

»Gibt es jemanden«, fragte ich und trat näher an sie heran, »den du liebst, und wenn man die Dinge ... irgendwie ... in Ordnung bringen könnte ... was nicht leicht ist ... ich bin arm geworden, das mußt du wissen, Nunu, Laci und ich sind arm ... Aber vielleicht weiß ich jemanden, der helfen könnte.«

»Du könntest durchaus helfen«, sagte sie wieder selbstsicher, mit jener kalten Stimme. Aber sie blickte mir schon eine Weile nicht in die Augen. Sie hatte das Fenster im Rücken, ich sah ihr Gesicht nicht. Nach dem Essen hatte sich der Himmel bewölkt, mit dicken dunkelgrauen Septemberwolken. Das Zimmer war dämmrig. Ich ging ans offene Fenster und machte es zu, als hätte man befürchten müssen, in der schweren Stille des auf Regen wartenden Gartens stehe jemand und lausche.

»Du mußt es mir sagen«, drängte ich, und mein

Herz klopfte so seltsam, wie es schon lange, vielleicht seit der Nacht, in der Mutter starb, nicht mehr geklopft hatte. »Wenn du jemanden hast, den du liebst, wenn du weg willst von diesen ... du und dein Vater ... Wenn man mit Geld etwas ausrichten kann. Sag es jetzt.«

»Ich glaube, Eszter«, sagte sie gesenkten Blickes und mit der unschuldigen Stimme eines Schulmädchens, »mit Geld, ich meine, mit Geld allein kann man nichts mehr machen. Es braucht auch dich dazu. Aber davon weiß Vater nichts«, sagte sie rasch und fast erschrocken.

»Wovon?«

»Davon ... was ich gesagt habe.«

»Was willst du?« fragte ich laut und ungeduldig.

»Ich will Vater retten«, sagte sie monoton.

»Vor denen da?«

»Ja.«

»Und dich selbst?«

»Wenn's geht.«

»Du liebst ihn nicht.«

»Nein.«

»Willst du weg?«

»Ja.«

»Wohin?«

»Ins Ausland. Weit weg.«

»Wartet jemand auf dich?«

»Ja.«

»Ja«, sagte ich erleichtert und setzte mich erschöpft hin. Ich preßte mir die Hände aufs Herz. Wieder schwindelte es mir, wie immer, wenn ich aus der Welt des Wartens und Beobachtens, aus dem Bereich der Schatten hinaustrete, um der Wirklichkeit zu begegnen. Wieviel einfacher ist die Wirklichkeit! Éva liebt jemanden, sie will zu ihm, sie will ehrlich und anständig leben. Und ich muß ihr helfen. Ja, mit allem, was ich habe.

Ich fragte fast schon gierig: »Was kann ich tun, Éva?«

»Vater wird es dir sagen«, antwortete sie mühsam, als schämte sie sich. »Er hat einen Plan ... Ich glaube, sie haben einen Plan. Du wirst es hören, Eszter. Das ist eine Angelegenheit zwischen ihnen und dir. Mir aber kannst du auch sonst noch helfen, wenn du willst. Es gibt hier im Haus etwas, das mir gehört. Soviel ich weiß, gehört es mir ... Entschuldige, wie du siehst, bin ich rot geworden. Es ist sehr schwer, davon zu sprechen.«

»Ich verstehe nicht«, sagte ich und spürte, wie meine Hände kalt wurden. »Woran denkst du?«

»Ich brauche Geld, Eszter«, sagte sie jetzt roh und angriffslustig. »Ich brauche Geld, um weggehen zu können.«

»Ja, sicher«, sagte ich ratlos. »Geld… Etwas Geld kann ich dir wohl beschaffen. Nunu wahrscheinlich auch… Vielleicht rede ich mit Tibor. Aber höre, Éva«, sagte ich auf einmal ernüchtert und hilflos, »ich fürchte, es ist sehr wenig, was ich beschaffen kann.«

»Ich brauche dein Geld nicht«, sagte sie überheblich. »Ich will nichts, das mir nicht gehört. Ich will nur das, was mir Mutter hinterlassen hat.«

Sie sah mir auf einmal mit einem brennenden, fordernden Blick ins Gesicht: »Vater hat mir gesagt, daß du mein Erbe aufbewahrst. Das ist das einzige, das mir von Mutter geblieben ist. Gib mir den Ring zurück, Eszter. Jetzt gleich. Den Ring, hörst du?«

»Den Ring, ja«, sagte ich.

Éva stand so drohend vor mir, daß ich zurückwich. Zufällig kam ich vor den Schrank zu stehen, in dem ich den gefälschten Ring aufbewahrte. Ich hätte nur nach hinten zu greifen, die Schublade aufzuziehen und den Ring, den Vilmas Tochter in einem solchen Ton und so haßerfüllt von mir forderte, zu überreichen brauchen. Ich stand hilflos da, mit verschränkten Armen, und war entschlossen, das Geheimnis von Lajos' Niederträchtigkeit nicht zu verraten.

»Wann hat dir dein Vater von dem Ring erzählt?«

»Letzte Woche«, sagte sie schulterzuckend. »Als davon die Rede war, daß wir herkommen würden.«

»Hat er auch etwas vom Wert des Ringes gesagt?«

»Ja. Er hat ihn einmal schätzen lassen. Damals, vor vielen Jahren, nach Mutters Tod... Bevor er ihn dir übergeben hat, war der Ring geschätzt worden.«

»Und? Wieviel ist er wert?« fragte ich ruhig.

»Viel«, sagte sie mit einer seltsamen Heiserkeit in der Stimme. »Tausende. Vielleicht sogar zehntausend.«

»Ja«, sagte ich.

Dann sagte ich und staunte selbst über meine hochmütige Ruhe: »Diesen Ring, mein Liebes, bekommst du aber nicht.«

»Ist er weg?« fragte sie und musterte mich von oben bis unten. »Ist er weg, oder willst du ihn nicht hergeben?«

»Diese Frage beantworte ich nicht«, sagte ich und schaute in die Luft. In dem Augenblick spürte ich, daß Lajos, wie üblich mit theatralisch schwebenden Schritten, geräuschlos ins Zimmer getreten war und in unserer Nähe stand.

»Geh hinaus, Éva«, hörte ich seine Stimme. »Ich muß mit Eszter sprechen.«

Ich drehte mich nicht um. Es brauchte lange, bis Éva, mich mit mißtrauischen, dunklen Blicken musternd – wobei sie ganz besonders an Vilma erinnerte –, langsam die Tür erreichte, von dort noch einmal zurücksah, dann mit den Schultern zuckte und rasch und wütend verschwand. Die Tür allerdings machte sie leise zu, als wäre sie sich ihrer Sache nicht ganz sicher. Eine Zeitlang standen wir im Zimmer, ohne einander zu sehen, dann wandte ich mich um, und mir wurde klar, daß ich mich zum ersten Mal seit fünfzehn Jahren mit Lajos allein in einem Zimmer befand.

16

Er schaute mich an, mit einem seltsamen, bescheidenen Lächeln. »Na, siehst du, das ist alles gar nicht so schlimm«, so etwas schien es zu sagen. Es hätte mich nicht überrascht, wenn er sich die Hände gerieben hätte wie ein zufriedener Kaufmann, der nach einem besonders günstigen Geschäftsabschluß mit seiner Familie allein bleibt und in aufgekratzter Stimmung neue Pläne schmiedet, noch bessere, noch einträglichere Unternehmen in Aussicht stellt. Von Beschämung oder Befangenheit keine Spur auf seinem Gesicht. Er war bester Laune, heiter wie ein Kind.

»Ich habe ausgezeichnet geschlafen, Eszter«, sagte er zufrieden. Wie jemand, der endlich wieder zu Hause ist.

Da ich nichts sagte, nahm er mich beim Arm, führte mich zu einem Lehnstuhl und bat mich höflich, Platz zu nehmen.

»Jetzt kann ich dich endlich richtig anschauen«, sagte er zärtlich. »Du hast dich nicht verändert. In diesem Haus ist die Zeit stehengeblieben.«

Mein Schweigen störte ihn überhaupt nicht. Er ging auf und ab, sah sich ein wenig die Photographien an und strich manchmal mit einer abgeschmackten Künstlergebärde seine dünn und grau werdende Mähne zurück. Er ging völlig unbeschwert im Zimmer umher, als wäre er nur eben – fünfundzwanzig Jahre zuvor – hinausgerufen worden und jetzt wieder da, um das Gespräch, ein bißchen zerstreut, mehr der Ordnung halber, fortzusetzen. Er hob ein altes venezianisches Trinkglas vom Tisch und betrachtete es wohlgefällig.

»Das hast du von deinem Vater bekommen, zum Geburtstag. Ich erinnere mich noch«, sagte er liebenswürdig.

»Wann hast du den Ring verkauft?«

»Den Ring?«

Er blickte nachdenklich und aufmerksam zur Decke. Sein Lippen bewegten sich lautlos, als zählte er.

»Ich weiß gar nicht mehr«, sagte er freundlich.

»Doch, doch, Lajos«, sagte ich ermunternd, »versuch dich zu erinnern. Es kommt dir bestimmt wieder in den Sinn.«

»Den Ring, den Ring«, sagte er mit einem kleinen, liebevollen Kopfschütteln, als würde er eine Marotte, eine grillenhafte, bedeutungslose Neugier gern befriedigen, wenn er könnte. »Tja, wann hab ich ihn denn verkauft? Ich glaube, ein paar Wochen vor Vilmas Tod. Du weißt ja, da brauchten wir so viel Geld... Für die Ärzte, für den Alltag... Ja, es muß in dem Jahr gewesen sein.«

Und er schaute mich lächelnd und strahlenden Blickes an.

»Aber warum interessiert dich der Ring, Eszter?«

»Und dann hast du mir die Kopie gegeben. Weißt du noch?« Ich trat zu ihm hin.

»Habe ich sie dir gegeben?« sagte er mechanisch und machte unwillkürlich einen Schritt rückwärts. »Mag sein. Wirklich, habe ich sie dir gegeben?«

Er lächelte noch immer, wenn auch ein bißchen verunsichert. Ich ging zum Schrank, machte die Tür auf und holte mit einem sicheren Griff den Ring hervor.

»Erinnerst du dich immer noch nicht?«

»Doch«, sagte er leise. »Jetzt erinnere ich mich.«

»Den Ring hast du verkauft.« Ich sprach selbst unwillkürlich leiser, so wie man von den Dingen spricht, für die man sich zutiefst schämen und die man vielleicht sogar vor Gott verbergen muß. »Und als wir von der Beerdigung nach Hause kamen, hast du ihn mir mit großer Geste überreicht: Da, Vilmas Erbe, der einzige Wertgegenstand der Familie, nur dir gebührt er. Ein bißchen habe ich sogar gestaunt. Und ihn nicht haben wollen, weißt du noch? Und dann habe ich ihn doch angenommen und versprochen, ihn aufzubewahren und Éva zu geben, wenn sie erwachsen ist und ihn braucht. Erinnerst du dich noch immer nicht?«

»So, das hast du versprochen?« fragte er leichthin. »Dann gib ihn ihr doch, wenn sie ihn haben will«, sagte er nachlässig. Er begann umherzulaufen, und er zündete sich eine Zigarette an.

»Letzte Woche hast du Éva erzählt, daß ich den Ring für sie aufbewahre. Sie braucht Geld; sie will den Ring verkaufen. In dem Augenblick aber wird sich herausstellen, daß er gefälscht ist. Selbstverständlich kann nur ich es gewesen sein, die ihn gefälscht hat. So ist das«, sagte ich heiser.

»Warum?« fragte er höchst erstaunt. »Nur du? Es kann auch jemand anders gewesen sein. Vilma zum Beispiel.«

Wir schwiegen.

»Wo sind deine Grenzen, Lajos?« fragte ich.

Er betrachtete blinzelnd die Asche seiner Zigarette.

»Was ist das für eine Frage? Was für Grenzen?« fragte er unsicher.

»Was für Grenzen? Ich denke, jeder Mensch hat innere Grenzen, die dem Guten und dem Bösen ihr Maß geben. Überhaupt allem, was zwischen Menschen möglich ist. Du aber hast keine Grenzen.«

»Das sind so Wörter«, sagte er und winkte scheinbar gelangweilt ab. »Grenzen, Möglichkeiten. Gut und Böse, das sind doch bloß Wörter, Eszter.«

»Hast du schon daran gedacht«, fuhr er fort, »daß die meisten unserer Handlungen gar nicht vernünftig sind, und auch nicht zielgerichtet. Man macht Sachen auch dann, wenn man nichts davon hat, weder Nutzen noch Freude. Wenn du auf dein Leben zurückblickst, merkst du, daß du vieles gemacht hast, ganz einfach, weil es sich gerade so ergab.«

»Das ist mir ein bißchen zu hoch«, sagte ich bedrückt.

»Ach was, Eszter. Es ist bloß unbequem. Gegen Ende des Lebens hat man von der ganzen Zielgerichtetheit fürchterlich genug. Ich habe immer die Handlungen lieber gehabt, für die es keine Erklärung gibt.«

»Aber den Ring ...«, sagte ich trotzig.

»Den Ring, den Ring«, sagte er gereizt. »Komm jetzt nicht schon wieder mit dem Ring. Habe ich

Éva gesagt, daß du ihn aufbewahrst? Mag sein. Warum habe ich es gesagt? Weil der Augenblick so war, daß man es sagen mußte, weil es das Einfachste, Vernünftigste war. Du kommst mir mit dem Ring, Laci mit irgendeinem Wechsel … Was wollt ihr denn? Das ist doch alles vorbei und vergangen. Das Leben hebt alles auf. Man kann nicht dauernd unter Anklage leben. Wer ist schon so unschuldig, so mächtig, von innen her mächtig, wie du sagst, daß er ein Leben lang das Recht hat, andere zu verfolgen? Sogar das Gesetz weiß von Verjährung. Nur ihr wollt nichts davon wissen.«

»Meinst du nicht, daß du ungerecht bist?« fragte ich ruhiger.

»Mag sein.« Auch er war jetzt ruhiger. »Grenzen! Innere Grenzen! Während doch das Leben unbegrenzt ist. Begreif das endlich. Mag sein, daß ich Éva etwas gesagt habe, mag sein, daß ich schlecht gehandelt habe, gestern, oder vor zehn Jahren, Geld oder Ringe oder Wörter betreffend. Ich habe mir meine Handlungen nie überlegt. Schließlich ist man nur für das verantwortlich, was man geplant, sich vorgenommen hat. Man ist nur für seine Absichten verantwortlich … Was ist schon eine Handlung? Immer willkürlich, immer überraschend. Man steht daneben und schaut sich selbst beim Handeln zu. Die Absicht hingegen, die macht schuldig, Eszter. Meine Absichten waren immer lauter«, sagte er befriedigt.

»Ja«, sagte ich unsicher. »Es kann sein, daß deine Absichten lauter waren.«

»Ich weiß doch«, sagte er sanft und ein bißchen beleidigt, »daß ich nicht in diese Welt passe. Was wollt ihr von mir? Soll ich mich mit sechsundfünfzig noch ändern? Ich habe für alle immer nur das Gute gewollt. Die Möglichkeiten für das Gute sind hienieden aber beschränkt. Man muß das Leben verschönern, sonst ist es unerträglich. Deshalb habe ich Éva das vom Ring gesagt. Diese Möglichkeit war für sie in dem Augenblick eine Beruhigung. Deshalb habe ich vor fünfzehn Jahren zu Laci gesagt, ich würde ihm das Geld zurückgeben, obwohl ich wußte, daß ich es nie zurückgeben würde, deshalb habe ich zu den Menschen vieles gesagt, und im Augenblick, da ich sie auf diese Art ermunterte oder beruhigte, war mir schon klar, daß ich mein Wort nie halten würde. Deshalb habe ich zu Vilma gesagt, ich liebe sie.«

»Warum hast du das gesagt?« Ich staunte selbst über meine gleichgültige Stimme.

»Weil sie es gern hörte«, sagte er leichthin. »Weil sie ihr Leben auf dieses Wort gesetzt hatte. Und weil du nicht verhindert hast, daß ich es sage.«

»Ich?« fragte ich, und eine seltsame Befangenheit

schnürte mir die Kehle zusammen. »Was hätte ich tun können?«

»Alles, Eszter«, sagte er unschuldig, fast kindlich, mit der Stimme seiner Jugend. »Alles. Warum hast du meine Briefe nicht beantwortet? Warum hast du sie auch später nie erwähnt, als es möglich gewesen wäre? Warum hast du die Briefe bei uns vergessen, als du weggegangen bist? Éva hat sie gefunden.«

Jetzt trat er ganz nahe heran und beugte sich über mich.

»Hast du die Briefe gesehen?« fragte ich.

»Ob ich sie gesehen habe...? Ich verstehe dich nicht, Eszter. Ich habe sie doch selbst geschrieben.«

Ich spürte an seiner Stimme, daß er für einmal, vielleicht zum ersten Mal in seinem Leben, nicht log.

17

»Jetzt laß mich dir etwas erzählen«, sagte er, lehnte sich an die Kommode, zündete eine Zigarette an und warf das Streichholz zerstreut in das Visitenkartenschälchen. »Es ist zwischen uns etwas gewesen, das man mit Schweigen nicht mehr erledigen kann. Man schweigt ein Leben lang über das, was am wichtigsten war. Schweigt manchmal so lange, bis man stirbt. Aber manchmal hat man die Gelegenheit, es auszusprechen... Und da kann man, darf man nicht länger schweigen. Ich glaube, ein solches Schweigen ist die Erbsünde, von der die Bibel spricht. Es gibt eine Art Urlüge im Leben; es braucht lange, bis man das merkt. Willst du dich nicht setzen? Setz dich, Eszter, und hör mir zu. Nein, verzeih, für einmal möchte ich der Ankläger und der Urteilende sein. Bisher warst immer du es, die urteilte. Setz dich, bitte.«

Er sprach höflich und ein wenig gebieterisch.

»So, bitte«, sagte er und rückte für mich einen Stuhl zurecht. »Schau, Eszter, wir reden seit zwanzig Jahren von anderem. Die Sache ist nicht so einfach. Du hältst mir meine Verfehlungen vor – du und andere –, und leider hat es diese Verfehlungen wirklich gegeben. Du sprichst von Ringen und Lügen und nicht gehaltenen Versprechen und nicht eingelösten Wechseln. Es gab da auch noch anderes, Eszter. Schlimmeres. Man braucht nicht alles zu wissen ... Ich will mich nicht herausreden ... Aber diese Einzelheiten werden mein Los nicht mehr beeinflussen. Ich war immer ein schwacher Mensch. Ich hätte gern etwas gemacht im Leben, und ich glaube, ich war auch nicht ganz unbegabt. Doch Wünsche und Begabung reichen nicht aus. Das weiß ich jetzt. Um etwas zu schaffen, braucht es noch mehr ... eine besondere Kraft, oder eine Disziplin, oder beides zusammen, und ich glaube, das ist es, was man im allgemeinen Charakter nennt ... Und diese Fähigkeit, oder diese Eigenschaft, fehlt mir. Es ist eine merkwürdige Art von Taubheit. Man kennt die Musik ganz genau, man summt die Melodie, bloß hört man die Töne nicht. Als ich dich kennenlernte, wußte ich das noch nicht so genau, wie ich es dir jetzt sage ... Ich wußte auch nicht, daß du für mich der Charakter bist. Verstehst du?«

»Nein«, sagte ich ehrlich.

Ich staunte nicht so sehr über seine Worte als über seine Stimme, über seine Art zu reden. Ich hatte ihn noch nie so gehört. Er sprach wie jemand, dem … Nein, ich kann den Ton nicht beschreiben. Er sprach wie jemand, der etwas sieht, eine Wahrheit, eine Entdeckung, wie jemand, der einer Wahrheit schon ganz nahe auf der Spur ist, er kann sie zwar noch nicht benennen, aber er nähert sich der Vision, und er schreit krampfhaft seine Eindrücke in die Welt hinaus. Er sprach wie jemand, der wirklich etwas spürt. Einen solchen Ton war ich von Lajos nicht gewohnt. Ich schaute ihn wortlos und aufmerksam an.

»Es ist doch ganz einfach«, sagte er. »Du wirst es gleich verstehen. Du warst, du wärst für mich das gewesen, was mir fehlte: der Charakter. So etwas weiß man. Wer keinen Charakter oder keinen richtigen Charakter hat, der ist in moralischer Hinsicht ein wenig verkrüppelt. Solche Menschen gibt es. Wie jemand, der als menschliches Wesen völlig ausgebildet ist, bloß daß ihm eine Hand oder ein Fuß fehlt. Solche Menschen bekommen eine Prothese, und so werden sie arbeitsfähig und nützlich für die Welt. Entschuldige den Vergleich, aber eine solche Prothese hättest du für mich sein können … Eine moralische Prothese.

Ich hoffe, ich habe dich nicht verletzt«, sagte er zärtlich und neigte sich zu mir.

»Nein«, sagte ich, »bloß glaube ich das nicht, Lajos. Charakter läßt sich nicht übertragen. Moral kann man nicht von einem Menschen in einen anderen verpflanzen. Das sind Theorien. Verzeih.«

»Nicht nur Theorien. Die Moral, verstehst du, ist ja nicht eine ererbte, sondern eine erworbene Eigenschaft. Man wird ohne Moral geboren. Die Moral der Wilden oder die Moral der Kinder ist eine andere als die eines Kurienrichters in Budapest oder Wien. Man eignet sich im Leben eine Moral an, so wie man sich sein Benehmen oder seine Bildung aneignet.« Er sprach wie ein Kenner, im Predigerton. »Es gibt Menschen, die für Charakter empfanglicher sind, ja, es gibt Charaktergenies, so wie es musikalische oder dichterische Begabungen gibt. Du bist so ein Charaktergenie, Eszter; nein, wehre nicht ab! Das spürte ich an dir. Ich habe in moralischen Fragen überhaupt kein Gehör, bin gewissermaßen ein Analphabet. Deshalb bin ich zu dir geflohen; vor allem deshalb, glaube ich.«

»Das leuchtet mir überhaupt nicht ein«, sagte ich trotzig. »Aber wenn es auch so wäre, Lajos, kannst du doch nicht verlangen, daß jemand für die moralisch Unvollkommenen ein Leben lang die Amme spielt.

Eine Frau kann nicht ein Leben lang die Moralamme sein.«

»Eine Frau, eine Frau.« Er machte eine wegwerfende Gebärde. »Ich rede von dir, Eszter. Von dir«, sagte er rasch und höflich.

»Eine Frau«, sagte ich. Ich spürte, wie mir das Blut ins Gesicht schoß. »Ich weiß, daß du von mir redest. Aber ich habe genug davon, immer nur die Schablone abzugeben für irgendwelche verlogenen Ideen. Nimm das endlich zur Kenntnis. Es hat jetzt zwar überhaupt keinen Sinn mehr, so etwas zu sagen ... Aber vielleicht hast du recht, vielleicht kann man nicht ein Leben lang schweigen. Ich glaube nicht an deine Theorien, Lajos, sondern an die Wirklichkeit. Die Wirklichkeit sieht so aus, daß du mich betrogen hast. ›Mit mir gespielt‹, wie man es früher romantisch gesagt hätte. Du bist ein komischer Kartenspieler ... Einer, der statt mit Karten mit Gefühlen und mit Menschen spielt. Ich war eine der Damen im Spiel. Dann bist du aufgestanden und weitergegangen ... Warum? Weil es dir verleidet war. Du bist einfach weitergegangen, weil dich die Sache langweilte. Das ist die Wahrheit. Das ist die furchtbare, unmoralische Wahrheit. Eine Frau mag man wegwerfen wie eine Streichholzschachtel. Man tut es vielleicht aus Leidenschaftlichkeit, oder weil man so beschaffen ist, daß man sich an keine Frau zu binden vermag, oder weil man nach Höherem strebt und alle und alles als Mittel benutzt. Das alles kann ich verstehen… Es ist eine Gemeinheit, aber sie hat etwas Menschliches. Aber jemanden aus Zerstreutheit wegzuwerfen… Das ist mehr als gemein. Dafür gibt es keine Entschuldigung, denn es ist unmenschlich. Verstehst du jetzt?«

»Aber ich habe dich doch gerufen, Eszter«, sagte er ganz still. »Erinnerst du dich nicht mehr? Ja, ich war schwach. Aber im letzten Augenblick bin ich zur Besinnung gekommen, ich habe begriffen, daß nur du mir helfen kannst. Ich habe dich gerufen, dich angefleht. Erinnerst du dich nicht an meine Briefe?«

»Ich weiß von keinen Briefen.« Ich hörte erschrokken, wie ungewohnt scharf, fast kreischend meine Stimme war. »Das alles ist gelogen. Die Briefe sind gelogen, genauso wie der Ring und überhaupt alles, was du mir gesagt oder versprochen hast. Ich weiß von keinen Briefen, und ich glaube auch an keine Briefe. Vorhin habe ich von Éva gehört, sie habe irgendwelche Briefe gefunden… In der Rosenholzschachtel… Wie soll ich wissen, wieviel davon wahr ist. Dir glaube ich nicht! Auch Éva glaube ich nicht! Der Vergangenheit auch nicht! Alles Lügen, ein abgekartetes Spiel, eine Theaterszene mit Theaterversatzstücken, mit alten

Briefen und alten Schwüren. Ich gehe nicht mehr ins Theater, Lajos. Schon seit fünfzehn Jahren nicht, nirgends gehe ich hin. Ich kenne die Wirklichkeit, verstehst du? Die Wirklichkeit! Schau mich an! Das ist die Wirklichkeit! Schau mir in die Augen! Ich bin alt. Das Leben ist vorbei, wie du vorhin so ergreifend gesagt hast. Jawohl, vorbei, und du bist der Grund, warum es auf diese Art vorbeigegangen ist, so leer, so verlogen, das ist der Grund, warum ich allein geblieben bin wie eine alte Jungfer, die mit ihren Gefühlen zu sparsam umgegangen ist und sich am Ende Hunde und Katzen zulegt. Du weißt aber, daß ich nie sparsam umgegangen bin, daß ich nie Hunde und Katzen gehalten habe … Ich habe mir Menschen gehalten!«

»Ja«, sagte er sachlich, aber auch mit schuldbewußt gesenktem Kopf. »Das ist sehr gefährlich.«

»Ja, das ist es.« Ich verstummte. Ich hatte noch nie so viel auf einmal und so leidenschaftlich gesprochen. Jetzt war mir der Atem ausgegangen.

»Lassen wir's eben«, sagte ich. Ich fühlte plötzlich eine Schwäche, wollte aber nicht weinen. Ich saß aufrecht, mit verschränkten Armen und wahrscheinlich kreidebleich, denn Lajos fragte erschrokken: »Möchtest du ein Glas Wasser? Soll ich jemanden rufen?«

»Nein, ruf niemanden. Es ist nicht wichtig. Offenbar bin ich nicht mehr gesund. Schau, Lajos, solange man mit einem Menschen noch so steht, daß man an seinen Worten oder seinen Gefühlen zweifelt, so lange kann man das Leben oder die Beziehung immerhin auf eine Art losen Grund bauen. Das mag ein »Sumpf« sein oder »Treibsand«, wie man sagt. Man weiß, daß das Aufgebaute eines Tages zusammenbrechen wird... Und doch ist in dem Unterfangen etwas Reales, Menschliches und Schicksalhaftes. Wer aber vom Schicksal damit geschlagen ist, daß er auf dich bauen muß, der hat das schlechteste Los erwischt, denn eines Tages wird er erkennen müssen, daß er in die Luft hinausgebaut hat, ins Nichts. Andere lügen, weil sie so beschaffen sind, oder weil es in ihrem Interesse ist, oder weil es der Augenblick verlangt. Du hingegen lügst so, wie der Regen fällt. Du lügst mit Tränen, du lügst mit Taten. Das muß sehr schwer sein. Manchmal glaube ich fast schon, daß du tatsächlich ein Genie bist... Ein Genie der Lüge. Du schaust mir in die Augen, oder du berührst mich, und deine Tränen fließen, und ich spüre das Zittern deiner Hand, und gleichzeitig weiß ich, daß du lügst, daß du schon immer gelogen hast, vom ersten Augenblick an. Dein Leben war eine Lüge. Ich glaube nicht einmal an deinen Tod. Auch er wird verlogen sein. Ja, du bist ein Genie.«

»Bitte«, sagte er ruhig. »Für alle Fälle habe ich die Briefe mitgebracht. Schließlich habe ich sie ja dir geschrieben. Da.«

Er zog mit einer schlichten, dienstfertigen Bewegung die drei Briefe aus seiner Jackentasche und überreichte sie mir.

18

Der Inhalt der Briefe interessierte mich in dem Augenblick nicht besonders; ich kannte Lajos' Schreibkünste. Die Umschläge hingegen schaute ich mir genau an. Auf allen dreien standen mein Name und meine Adresse, in Lajos' Handschrift, und das Datum des Poststempels bezeugte, daß die Briefe tatsächlich zweiundzwanzig Jahre zuvor, in der Woche vor Vilmas und Lajos' Hochzeit, an mich aufgegeben worden waren. Fest steht, daß ich diese drei Briefe nie bekommen habe. Jemand hat sie unterschlagen. Was nicht schwer war: Die Post wurde immer von einer heftig neugierigen Vilma, die auch den Schlüssel zum Briefkasten hatte, in Empfang genommen. Nachdem ich die drei Umschläge betrachtet hatte, warf ich sie auf die Kommode, neben Vilmas Porträt.

»Willst du sie nicht lesen?« fragte Lajos.

»Nein«, sagte ich. »Wozu? Ich glaube, daß darin das steht, was du gesagt hast. Es spielt keine große Rolle. Du vermagst«, sagte ich und freute mich fast über diese Erkenntnis, »sogar mit Tatsachen zu lügen.«

»Du hast die Briefe nie bekommen?« fragte Lajos ruhig. Meine Angriffe schienen ihn nicht sehr zu erschüttern.

»Nein.«

»Wer hat meine Briefe gestohlen?«

»Wer wohl? Vilma. Wer denn sonst? Wer hätte ein Interesse gehabt?«

»Ja, richtig. Es kann niemand anders gewesen sein.«

Er trat zur Kommode, besah sich aufmerksam die Marken und Daten der Briefe, dann beugte er sich über Vilmas Bild, zwischen den Fingern eine Zigarre, von der er gemütlich sich kräuselnden Rauch in die Höhe steigen ließ, und er lächelte interessiert. Er betrachtete das Bild versunken, als wäre ich gar nicht da, schüttelte den Kopf und pfiff leise und anerkennend, wie ein Einbrecher, dem die Arbeit eines anderen Einbrechers imponiert. So stand er da, die Beine gespreizt, die eine Hand in der Jackentasche, in der anderen die qualmende Zigarre, mit sachverständiger Befriedigung.

»Saubere Arbeit«, sagte er dann, wandte sich um und blieb auf einen Schritt Entfernung vor mir stehen. »Aber was willst du dann von mir? Was habe ich verbrochen? Was schulde ich? Was habe ich unterlassen? Worin habe ich gelogen? In den Einzelheiten. Doch es hat einen Augenblick gegeben«, er zeigte auf die Briefe, »da habe ich nicht gelogen, da habe ich die Hand ausgestreckt, weil es mir schwindlig war wie einem Seiltänzer während der Vorführung. Du hast mir nicht geholfen. Niemand hat mich festgehalten. Da habe ich eben weitergetanzt, weil man mit fünfunddreißig keine Lust hat abzustürzen ... Du weißt, daß ich nicht besonders sentimental bin, ja, nicht einmal sehr leidenschaftlich. Mich interessierte das Leben ... Mich interessierten die Chancen ... das Spiel, wie du vorhin gesagt hast ... Ich bin nicht der Mann, und war es auch nie, der alles auf eine Frau, auf ein Gefühl setzt ... Auch zu dir hat mich nicht eine unwiderstehliche Leidenschaft getrieben, ich darf es ja jetzt sagen. Ich will aber nicht, daß du weinst, ich kann es nicht brauchen, daß du jetzt weich wirst. Das wäre ja auch lächerlich. Ich bin nicht gekommen, dich um etwas zu bitten. Ich bin gekommen, um zu fordern. Verstehst du jetzt?« fragte er ernst und freundlich.

»Fordern?« sagte ich tonlos. »Interessant. Also, fordere.«

»Ja«, sagte er. »Ich will es versuchen. Selbstverständlich habe ich nach Recht und Gesetz nichts von dir zu fordern. Aber es gibt auch noch andere Gesetze. Das weißt du vielleicht nicht, aber jetzt ist der Augenblick gekommen, da du erfahren mußt, daß es neben dem Gesetz der Tugend noch ein anderes, ebenso mächtiges, ebenso gültiges gibt ... Wie soll ich sagen ... Ahnst du es schon? Im allgemeinen ertragen die Menschen dieses Bewußtsein nicht. Du mußt wissen, daß die Menschen nicht nur durch das Wort, das Gelöbnis oder das Versprechen einander verbunden sind und daß ihre wahre Beziehung nicht von Gefühlen und Sympathien bestimmt ist. Es gibt ein anderes, härteres, strengeres Gesetz, das festlegt, wer wen angeht ... Wer wessen Komplize ist. Dieses Gesetz hat verfügt, daß ich dich angehe. Ich habe von diesem Gesetz gewußt. Schon vor zwanzig Jahren. Ich wußte es gleich, als ich dich kennenlernte. Es hat keinen Wert, Eszter, wenn ich jetzt den Bescheidenen spiele: Ich glaube, von uns beiden habe doch ich den stärkeren Charakter. Natürlich bin ich nicht ›charakterfest‹, wie es die Handbücher der Moral haben wollen. Und doch bin ich es, der Schwankende, der Treulose, der Flüchtige, ich bin es, der innerlich und aus ganzem Willen dem anderen Gesetz treu zu bleiben vermocht hat, dem Gesetz, das in den Büchern und auf den

Gesetzestafeln nicht erscheint und doch das einzige wahre ist. Es ist ein hartes Gesetz … Hör mir gut zu. Das Gesetz der Welt besagt, daß man beenden muß, was man angefangen hat. Das ist kein großer Spaß. Nie kommt etwas zur rechten Zeit, nie gibt das Leben dann, wenn man darauf vorbereitet wäre. Lange Zeit schmerzt einen diese Unordnung, diese Verspätung. Man glaubt, jemand spiele mit einem. Eines Tages aber wird man gewahr, daß die Sache wunderbarerweise System und Ordnung hat … Zwei Menschen können sich keinen Tag früher begegnen, als sie dafür rcif sind … Nicht ihre Neigungen und Launen sind reif, sondern sie sind es innerlich, nach dem Befehl unabwendbarer kosmischer Gesetze, so wie sich zwei Himmelskörper begegnen, in endlosem Raum und unendlicher Zeit, und doch haargenau, genau in der Sekunde, die ihre Sekunde ist in den Jahrmillionen und der Endlosigkeit des Raums. Ich glaube nicht an den Zufall der Begegnungen. Ich bin ein Mann und habe viele Frauen gekannt … Verzeih, aber ich muß davon sprechen … Ich habe schöne und begeisterte Frauen gekannt, und auch solche, in denen der Atem des Teufels zu lodern schien, ich habe Heldinnen gekannt, die sich einem Mann durch den Schnee bis nach Sibirien hinternachschleppen würden, ich habe großartige Frauen gekannt, die helfen konnten, der unerbittlichen Einsamkeit des Lebens für kurze Zeit zu entrinnen. Ja, alle die habe ich gekannt«, sagte er still und eher für sich, als wäre er in der Erinnerung versunken.

Als er jetzt verstummte, sagte ich mühsam: »Ich freue mich, daß du eines Tages doch zu mir gekommen bist, um von deinen Bekanntschaften zu erzählen.«

Ich bereute aber gleich, das gesagt zu haben; es war meiner nicht würdig, und auch dessen nicht, was Lajos gesagt hatte.

Er blickte mich ruhig an und nickte zerstreut: »Was kann ich dafür, daß ich doch immer nur auf dich gewartet habe«, sagte er ohne besondere Betonung, freundlich, elegant und bescheiden.

»Was kann ich dafür«, sagte er lauter, »und was kannst du mit diesem verspäteten Geständnis anfangen, das in unserem Alter weder Inhalt noch Anstand hat? Ja, man dürfte so etwas gar nicht sagen. Aber ob man darf oder nicht, wie wenig sind doch solche Anstandsregeln wert, wenn man von der Wahrheit reden muß. Siehst du, Eszter, das Wiedersehen ist fast auf geheimnisvollere Art aufregend als die erste Begegnung... Das weiß ich schon lange. Jemanden, den man geliebt hat, wiederzusehen, ist das nicht so wie zum Tatort zurückzuschleichen, getrieben von einem unwiderstehlichen Zwang, wie es in den Kriminalromanen heißt?... Ich habe nur dich geliebt im Leben, ohne sehr ernste Ansprüche und nicht immer konsequent, ich weiß... Und dann ist etwas passiert, und das nicht nur mit den Briefen, die Vilma unterschlagen hat. An dem allein konnte es nicht liegen. Du hast diese Liebe nicht wirklich gewollt. Widersprich nicht. Es genügt nicht, jemanden zu lieben. Man muß ihn mutig lieben. Man muß ihn so lieben, daß weder Diebe noch Pläne, noch Gesetze, himmlische oder irdische, etwas gegen diese Liebe ausrichten können. Wir haben einander nicht mutig geliebt... Das war das Problem. Und das war dein Vergehen, denn der Mut des Mannes ist in der Liebe lächerlich. Das ist euer Werk, die Liebe... Nur darin seid ihr groß. Da irgendwo bist du gescheitert, und mit dir alles andere, was hätte sein können, die Verpflichtung, die Aufgabe, der Inhalt des Lebens. Es stimmt nicht, daß die Männer für die Liebe verantwortlich sind. Ihr sollt heldenhaft lieben. Du hingegen hast das Schlimmste gemacht, das eine Frau machen kann, du bist beleidigt davongelaufen. Glaubst du mir jetzt?«

»Was nützt es?« fragte ich. »Was nützt es, wenn ich es glaube, oder zugebe, oder akzeptiere? Was soll das jetzt noch?« fragte ich, und meine Stimme klang so fremd, als hätte jemand im Nebenzimmer gesprochen.

»Deswegen bin ich gekommen«, sagte er leiser, denn es dunkelte auch im Zimmer, und wir dämpften unwillkürlich unsere Stimmen, als würde mit der Dämmerung alles konturloser, das, was wir uns zu sagen hatten, genauso wie die Gegenstände. »Ich möchte, daß du weißt, daß man zwischen den Menschen nichts willkürlich beenden, vor der Zeit aufgeben kann... Man kann nicht!« sagte er mit einem befriedigten Lachen. Es war, als riebe er sich die Hände wie ein Kartenspieler, der zu seiner größten Überraschung und Freude merkt, daß er ein schon verloren geglaubtes Spiel gewonnen hat.

»Du bist mit mir verbunden, auch jetzt, da Zeit und Entfernung alles vernichtet haben, was wir einmal zwischen uns aufgebaut haben. Verstehst du jetzt? Du bist für alles, was im Leben mit mir geschehen ist, verantwortlich, genauso wie auch ich für dich und deinetwegen verantwortlich bin... auf meine Art... ja, auf Männerart. Irgendwann mußtest du das erfahren. Du mußt mitkommen, mit mir, mit uns. Nunu nehmen wir auch mit. Hör zu, Eszter, ein einziges Mal mußt du mir doch glauben. Was könnte ich für ein Interesse haben, etwas anderes zu sagen als die Wahrheit, die letztendliche, tödlich wahre Wahrheit?... Die Zeit brennt alles, alle Lügen, aus uns heraus. Was bleibt, ist die Wahrheit. Es bleibt, daß du mit mir verbunden bist, und wenn du auch geflohen bist, und wenn ich auch der war, der ich war und noch bin ... Ja, ich glaube auch nicht, daß man sich ändern kann ... Du bist mit mir verbunden, auch dann, wenn du weißt, daß ich mich nicht geändert habe, daß ich der alte bin, der Gefährliche, der Unzuverlässige. Dagegen kannst du nichts machen. Sieh mir doch in die Augen ... Warum läßt du den Kopf so hängen? Warte, ich will die Lampe anzünden ... Gibt es hier noch immer keine Elektrizität? ... Es ist ja schon ganz dunkel.«

Er ging zum Fenster, schaute hinaus und machte dann die Läden zu. So, im Dunkeln stehend, fragte er: »Warum siehst du mich nicht an?«

Als ich nicht antwortete, sagte er aus der dämmrigen Entfernung: »Wenn du so sehr recht hast, warum siehst du mir dann nicht in die Augen? Ich habe keinerlei Macht über dich. Ich habe keine Rechte. Und doch bist du mir gegenüber machtlos. Du kannst mich zwar wegschicken, aber machen kannst du nichts gegen mich. Du kannst mich verklagen, und gleichzeitig weißt du, daß du der einzige Mensch bist, vor dem ich unschuldig bin. Und eines Tages bin ich freiwillig zurückgekommen ... Glaubst du noch an Wörter wie Stolz? Zwischen Menschen, die das Schicksal aneinander gefesselt hat, gibt es keinen Stolz. Du kommst mit uns. Wir bringen alles in Ordnung. Und dann? Dann leben wir. Vielleicht hält das Leben noch etwas bereit. Wir werden in Stille leben. Die Welt hat mich schon vergessen. Du wirst dort mit mir, mit uns leben. Es ist gar nicht anders möglich«, sagte er laut und gereizt, als hätte er etwas endgültig begriffen, etwas, was so einfach und sonnenklar ist, daß es peinlich wäre, weitere Worte darüber zu verlieren. »Ich will von dir nichts anderes, als daß du einmal, ein letztes Mal im Leben, dem Befehl gehorchst, der den Sinn und Inhalt deines Daseins ausmacht.«

Ich sah ihn im Dunkeln kaum mehr.

»Hast du mich verstanden?« fragte er leise aus der Distanz. Er schien aus der Vergangenheit zu sprechen.

»Ja«, sagte ich unwillkürlich, wie in einem Traum.

In diesen Augenblicken fühlte ich eine seltsame Benommenheit, wie sie der Schlafwandler spüren mag, wenn er zu seinem gefährlichen Spaziergang aufbricht. Ich verstand alles, was um mich herum geschah, ich verstand die Bedeutung meiner Worte und Handlungen, ich sah die Menschen um mich herum deutlich, sah auch das, was sonst von gewohnten Verhaltensweisen verhüllt wird; und gleichzeitig wußte ich, daß ich nicht bei Sinnen war, während ich doch vernünftige und eindeutige Handlungen vollzog – nicht ganz bei Sinnen, nicht ganz wach. Ich war ruhig, beinahe gut gelaunt. Ich fühlte mich leicht und sorglos. Etwas hatte ich in diesem Augenblick tatsächlich verstanden: etwas hinter Lajos' Worten, etwas, das stärker, vernünftiger und gebieterischer war als alles, was er gegen mich oder zugunsten seiner Pläne hatte zusammenschwatzen können. Selbstverständlich glaubte ich ihm kein Wort… Aber dieser Unglaube amüsierte mich. Während Lajos gesprochen hatte, war mir etwas klargeworden, wobei ich diese beruhigende, einfache Wahrheit nicht in zusammenhängende Worte hätte fassen können. Lajos log selbstverständlich auch jetzt… Ich wußte nicht, wie und worin, aber er log. Vielleicht log er nicht einmal mit Worten oder Gefühlen, sondern mit seinem Wesen, mit der Tatsache, daß er, Lajos, auch jetzt nicht anders konnte als sonst. Ich merkte plötzlich, daß ich lachte; ich mußte lachen, aber nicht höhnisch, sondern ehrlich und wohlgelaunt. Lajos verstand es nicht.

»Was lachst du?« fragte er mißtrauisch.

»Nichts. Bitte, sprich weiter.«

»Bist du einverstanden?«

»Ja«, sagte ich. »Womit? Ja, natürlich, ich bin einverstanden«, fügte ich rasch hinzu.

»Gut«, sagte er. »Also… Schau, Eszter, du darfst nicht denken, es könnte etwas gegen dich oder zu deinem Schaden geschehen. Die Dinge müssen in

Ordnung gebracht werden, schlicht und anständig. Du kommst mit mir. Nunu auch ... vielleicht nicht gleich ... etwas später. Éva heiratet. Sie muß ausgelöst werden«, sagte er verschwörerisch leise. »Ich auch ... Das kannst du noch nicht verstehen ... Aber du traust mir doch?« fragte er ganz leise und unsicher.

»Red nur«, sagte ich ebenso leise und verschwörerisch. »Natürlich traue ich dir.«

»Nur das zählt«, knurrte er befriedigt.

»Glaube ja nicht«, fügte er lauter hinzu, »daß ich dein Vertrauen mißbrauche. Ich will nicht, daß du nur unter vier Augen entscheidest. Ich gehe und hole Endre. Er ist der Freund des Hauses. Er ist Notar, in offizieller Funktion. Vor ihm sollst du unterschreiben«, sagte er edelmütig.

»Was?« raunte ich wie der Kumpan, der bereit ist, das Ding zu drehen, und nur noch Einzelheiten wissen möchte.

»Dieses Dokument«, sagte er. »Dieses Schriftstück, das Handhabe bieten wird, alles zu ordnen, so daß du mit uns kommen und dort leben kannst ...«

»Mit dir?« fragte ich.

»Mit uns«, sagte er unsicherer. »Mit uns ... In unserer Nähe.«

»Wart noch«, sagte ich, »bevor du Endre heraufholst ... und ich unterschreibe ... Dieses eine könntest du vielleicht noch klarer sagen … Du willst, daß ich hier alles verlasse und mit dir gehe. So viel habe ich verstanden. Und dann, wie geht es weiter? Wo soll ich leben, in deiner Nähe?«

»Wir haben es uns so gedacht«, sagte er bedächtig und ein bißchen vage, »daß es in unserer Nähe wäre. Unsere Wohnung eignet sich leider nicht … Aber in der Nähe gibt es ein Heim, wo alleinstehende Damen … Ganz in der Nähe. Und wir können uns häufig sehen«, sagte er wohlwollend und ermutigend.

»Ein Armenhaus, nicht?« fragte ich ruhig.

»Armenhaus!« sagte er empört. »Was für ein Wort! Du hörst doch, ein Heim, in dem richtige Damen wohnen … So wie du und Nunu.«

»So wie ich und Nunu«, sagte ich.

Er wartete noch eine Weile. Dann trat er zum Tisch, suchte Streichhölzer und zündete mit einer ungeübten, ungeschickten Bewegung die Stehlampe an.

»Überleg's dir«, sagte er. »Überlege, Eszter. Ich schicke Endre herauf. Erwäge es gut. Und lies das Dokument durch, bevor du es unterschreibst. Lies es aufmerksam.«

Er holte aus der Innentasche seiner Jacke ein vierfach gefaltetes Papier hervor und legte es mit einer bescheidenen Geste auf den Tisch. Noch einmal musterte er mich mit einem ermunternden, wohlwollenden

Lächeln von Kopf bis Fuß, verbeugte sich ein wenig und ging mit raschen, jugendlichen Schritten aus dem Zimmer.

19

Als Endre ein paar Minuten später hereintrat, hatte ich das vertragsähnliche Dokument, mit dem ich Lajos zum Verkauf des Hauses und des Gartens ermächtigte, schon unterschrieben. Es war ein seriöser Vertrag mit vielen juristischen Ausdrücken, mit wortreicher Sachkenntnis formuliert, so wie Testamente und Eheverträge. Lajos nannte das Schriftstück einen »beidseitigen Vertrag«. Der eine Vertragspartner war ich, der andere Lajos, der sich, als Gegenleistung für den Erhalt von Haus und Garten, verpflichtete, »bis zum Lebensende in angemessenem Rahmen« für Nunu und mich zu sorgen. Die Bedingungen dieses »Sorgens« waren nicht näher bezeichnet.

»Lajos hat mir alles berichtet«, sagte Endre, als wir uns an den runden Tisch setzten. »Es ist meine Pflicht, Sie darauf aufmerksam zu machen, Eszter, daß Lajos ein Schuft ist.«

»Ja«, sagte ich.

»Es ist meine Pflicht, Sie darauf aufmerksam zu machen, daß der Plan und die Absicht, mit denen er bei Ihnen eingefallen ist, auch dann gefährlich sind, wenn Lajos die Bedingungen des Vertrags einhält. Sie, liebe Eszter, leben hier – dank Nunu, dank Garten – wenn nicht im Wohlstand, so doch in Ruhe. Lajos' Pläne mögen für einen Außenstehenden gefühlvoll klingen ... Aber ich glaube nicht an Lajos' Gefühle. Ich kenne ihn gut, kenne ihn seit fünfundzwanzig Jahren. Ein solcher Mensch, ein solcher Charakter wie Lajos ändert sich nie.«

»Nein«, sagte ich. »Auch er sagt, daß er sich nicht mehr ändern wird.«

»Auch er sagt das?« fragte Endre. Er nahm die Brille ab und blickte mich kurzsichtig blinzelnd an. »Es ist gleichgültig, was er sagt. War er jetzt ehrlich? Sehr ehrlich? Es hat keine Bedeutung. Ich habe solche ehrlichen Szenen mit Lajos erlebt. Vor zwanzig Jahren, vielleicht erinnern Sie sich, Eszter ... Zwanzig Jahre habe ich geschwiegen. Aber jetzt ist der Augenblick gekommen, da ich es sagen muß. Vor zwanzig Jahren, als der alte Gábor, Ihr Vater, liebe Eszter ... verzeihen Sie, er war ein guter Freund von mir, ein brüderlich guter Freund ... Also, vor zwanzig Jahren, als Ihr Vater starb und ich als Freund und Notar die traurige Pflicht hatte, seine Angelegenheiten zu ordnen, da hat sich herausgestellt, daß Lajos auf den Namen Ihres Vaters Wechsel gefälscht hatte. Wußten Sie davon?«

»So ungefähr«, sagte ich. »Es hieß etwas davon … Aber man konnte nichts nachweisen.«

»Doch, genau das ist es, daß man es nachweisen konnte«, sagte er, während er an seiner Brille herumwischte. Ich hatte ihn noch nie so verlegen gesehen. »Im Nachlaß haben wir den Beweis dafür gefunden, daß Lajos Wechsel gefälscht hat. Wenn wir damals die Sache nicht in Ordnung gebracht hätten … wäre von diesem Haus und dem Garten nichts geblieben, liebe Eszter. Jetzt kann ich es ja sagen. Es war nicht leicht … Kurz und gut, damals habe ich solche Ehrlichkeitsszenen mit Lajos erlebt. Ich weiß es noch sehr genau; solche Szenen kann man ein Leben lang nicht vergessen. Ich wiederhole, Lajos ist ein Schuft. Ich bin der einzige, bei dem sein Zauber nicht verfängt. Das weiß er ganz genau … Er hat Angst vor mir. Jetzt, da er in dieses Haus hereinbricht und allem Anschein nach alles rauben will, was noch da ist, Ihr ruhiges Leben, diese bescheidene kleine Insel, auf die Sie sich nach dem Schiffbruch zurückgezogen haben, jetzt ist es meine Pflicht, Sie zu warnen. Gut, Lajos geht jetzt vorsichtiger zu Werke. Ohne Wechsel. Offenbar steht ihm das Wasser wieder bis zum Hals, und er kann sich nur retten, indem er zum Abschied hierher zurückkommt und alles raubt, was noch übrig ist... Wenn Sie ihm das Haus und den Garten schenken, habe ich später keinerlei Handhabe dagegen. Niemand kann etwas dagegen tun. Nur ich... Wenn Sie es wollen.«

»Was können Sie tun, Endre?« fragte ich erstaunt.

Er senkte den Kopf und betrachtete seine klobigen Knopfschuhe.

»Na ja...«, sagte er äußerst verlegen. »Sie müssen wissen, daß ich damals so leichtsinnig war, Lajos zu retten. Vor dem Gefängnis habe ich ihn gerettet. Wie? Das ist nicht mehr wichtig. Die Wechsel mußten bezahlt werden, damit Sie im Haus bleiben konnten... Es war nicht Lajos, den ich retten wollte. Jedenfalls haben wir das mit den Wechseln in Ordnung gebracht. Und Sie sind hiergeblieben, in Ruhe und Frieden. Und Lajos habe ich laufenlassen. Doch die Wechsel und alle Beweise für die Straftat habe ich aufbewahrt. Das alles ist heute vor dem Gesetz bereits verjährt. Aber Lajos weiß, daß er in meiner Macht ist, auch wenn ihn das Gesetz aus seinen Klauen entlassen hat. Ich bitte Sie, liebe Eszter«, sagte er fast feierlich und stand auf,

»ermächtigen Sie mich, mit Lajos zu reden und ihm diese … also, dieses Dokument zurückzugeben … und die Besucher vor die Tür zu setzen. Wenn ich es will, gehen sie weg. Das können Sie mir glauben«, sagte er ruhig.

»Ich glaube es«, sagte ich.

»So, also …«, sagte er entschlossen und wollte sich erheben.

»Ich glaube es«, sagte ich rasch und mit stockendem Atem. Ich spürte, daß Endre das nicht akzeptieren, nicht verstehen, nie wirklich verstehen konnte. »Und ich danke Ihnen sehr … Erst jetzt sehe ich klar und weiß gar nicht, was sagen. Also verdanken wir alles, was nach Vaters Tod hiergeblieben ist, Ihnen, lieber Endre? Wenn es Sie nicht gegeben hätte, wären wir schon vor zwanzig Jahren … Wäre es mit dem Haus, mit dem Garten, mit allem zu Ende gewesen. Und alles, auch mein Leben, wäre ganz anders verlaufen … Ich würde anderswo, in der Fremde, leben … Nicht wahr?«

»Nicht ganz«, sagte er verwirrt. »Und es lag nicht nur an mir … Jetzt darf ich es ja vielleicht sagen. Tibor hat es mir damals verboten. Auch er hat geholfen. Als Freund des alten Gábor hat er sehr gern geholfen. Wir alle waren ihm das schuldig«, sagte er. Es schien ihm äußerst peinlich.

»Oh, Tibor ...«, sagte ich und begann nervös zu lachen.

»So lebt man dahin«, sagte ich dann rasch, »und weiß von nichts. Weiß nicht, daß jemand sehr schlecht ist, und auch nicht, daß zur gleichen Zeit einem etwas sehr Gutes geschieht. Man kann auch gar nicht dafür danken. Aber um so schwerer ist es ...«

»Lajos wegzuschicken?« fragte er ernst.

»Lajos wegzuschicken. Ja, das wird jetzt schwierig. Er geht natürlich nachher weg, zusammen mit seinen Kindern und diesen Leuten ... Sie brechen bald auf, sie wollten noch bei Tag reisen. Lajos geht weg. Das Haus und den Garten aber ... nun ja, die habe ich ihm geschenkt. Ich habe dieses Dokument unterschrieben ... Und Sie, Endre, bitte ich, mit ihm zu sprechen, damit er für Nunu sorgt. Dieses einzige muß er versprechen. Nein, seine Versprechen sind natürlich gar nichts wert, da haben Sie recht ... Man müßte es irgendwie juristisch einrichten ... mit einem amtlichen Dokument, aber mit einem, das gültig ist ... Einen Teil des Verkaufserlöses soll er für Nunu bestimmen. Die Arme braucht nicht mehr viel. Wäre das zu machen?«

»Ja«, sagte er. »Alles ist zu machen. Aber Sie, Eszter, was wird aus Ihnen?«

»Ja, was wird aus mir«, sagte ich. »Genau das ist die Frage. Lajos hat mir angeboten, von hier wegzugehen und in seiner Nähe zu leben ... Nicht gerade mit ihm zusammen ... Er hat es nicht so deutlich gesagt. Aber das ist auch gar nicht wichtig«, sagte ich rasch, als ich sah, daß er mich düster ansah und die Hand hob, um mich zu unterbrechen. »Ich möchte Ihnen, Endre, und Tibor und auch Laci, Ihnen allen, die so gut zu uns gewesen sind, erklären ... Nunu brauche ich es nicht zu erklären, sie versteht es ... Sie ist vielleicht die einzige, die am Ende versteht, daß alles genau so gemacht werden mußte, vor zwanzig Jahren, wie heute. Sie versteht es vielleicht. Ich glaube, das verstehen nur Frauen wirklich, Frauen, die nicht mehr jung sind und vom Leben nichts mehr erwarten können ... So wie Nunu und ich.«

»Ich verstehe das nicht«, sagte er mißmutig.

»Ich will auch gar nicht, daß Sie es verstehen«, sagte ich und hätte gern seine Hand genommen oder mit den Fingerspitzen sein bärtiges, sorgenvolles altes Gesicht berührt, dieses traurige, kluge Männergesicht, das Gesicht eines Mannes, der sich mir nie aufgedrängt hat und dem ich trotzdem verdanke, daß ich zwanzig Jahre lang in einer menschenwürdigen, anständigen Umgebung leben konnte.

»Sie sind ein Mann, Endre, ein hervorragender und wirklicher Mann, und Sie können nicht anders als bis zum Schluß logisch denken, so wie das Gesetz, der Brauch oder die Vernunft es vorschreiben. Wir Frauen aber können nicht immer so klug und logisch sein ... Jetzt weiß ich, daß das nicht unsere Aufgabe ist. Wäre ich vor zwanzig Jahren wirklich weise und ehrlich gewesen, wäre ich in der Nacht aus diesem Haus davongelaufen, mit Lajos, dem Verlobten meiner Schwester, mit Lajos, dem Wechselfälscher, dem notorischen Lügner, dem Abschaum der Menschheit, wie Nunu sagen würde, die kräftige Ausdrücke liebt. Das hätte ich tun sollen, wenn ich mutig, klug und ehrlich gewesen wäre, vor zwanzig Jahren ... Was wäre passiert? Ich weiß es nicht. Wahrscheinlich nichts, nichts besonders Gutes oder Heiteres. Doch wenigstens hätte ich einem Befehl gehorcht, der stärker ist als die Gesetze der Welt und der Vernunft ... Verstehen Sie? Ich nämlich habe es verstanden ... So gut, daß ich Lajos und Éva dieses Haus schenke, denn ich schulde es ihnen ... Alles, was ich noch habe, schulde ich ihnen ... Und danach wird es schon irgendwie.«

»Gehen Sie weg von hier?«

»Ich weiß es nicht«, sagte ich und fühlte mich mit einem Mal müde. »So genau nach Fahrplan weiß ich noch nicht, was mit mir wird. Jedenfalls möchte ich Sie bitten, dieses Dokument Lajos zu übergeben ... Ja, ich habe es schon unterschrieben ... Und Sie, Endre, fügen Sie einen strengen, offiziellen Paragraphen ein, damit das Wenige, das Nunu braucht, nicht von Lajos verschleudert wird. Versprechen Sie es?«

Aber er antwortete nicht. Er nahm den Vertrag zwischen zwei Finger wie etwas Schmutziges und Verdächtiges.

»Ja, nun«, sagte er leise. »Das habe ich natürlich nicht gewußt.«

Ich nahm seine Hand, ließ sie aber gleich wieder los.

»Verzeihen Sie«, sagte ich, »aber es hat mich zwanzig Jahre lang nie jemand danach gefragt. Auch Sie nicht, und auch Tibor nicht ... Und vielleicht wußte ich es selbst noch nicht so genau, so unerbittlich genau, wie ich es heute nachmittag erfahren habe. Lajos hat recht, Endre, Lajos, der sagt, daß es im Leben eine unsichtbare Ordnung gibt und daß man beenden muß, was man einmal angefangen hat ... Je nach Möglichkeit ... Und jetzt haben wir es beendet«, sagte ich und stand auf.

»Ja«, sagte er gesenkten Kopfes, in der Hand das Schriftstück. »Es ist wohl unnötig zu erwähnen, für den Fall, daß Sie es bereuen sollten … jetzt oder später … Wir sind immer da, Tibor und ich.«

»Das ist in der Tat unnötig zu erwähnen«, sagte ich und bemühte mich zu lächeln.

20

Gegen Mitternacht hörte ich Nunus Schritte; sie stieg langsam die knarrenden, morschen Holzstufen herauf und blieb auf jeder dritten hustend stehen. Wie in der vorhergegangenen Nacht erschien sie auch jetzt auf der Schwelle, in der Hand die flackernde Kerze, in ihrem einzigen schwarzen Festtagskleid, das auszuziehen sie noch keine Zeit hatte.

»Du schläfst nicht«, sagte sie und setzte sich neben mich aufs Bett; den Kerzenstumpf hatte sie auf den Tisch gestellt. »Weißt du, daß sie auch das Eingemachte mitgenommen haben?«

»Nein«, sagte ich, setzte mich im Bett auf und begann zu lachen.

»Den Pfirsich«, sagte sie sachlich. »Alle zwanzig Gläser. Éva hat sie haben wollen. Die Blumen haben sie auch mitgenommen, die restlichen Dahlien aus dem Garten.«

»Wer hat die Blumen mitgenommen?« fragte ich.

»Die Frau.«

Sie hustete, verschränkte die Arme und saß aufgerichtet, ruhig und selbstbewußt wie immer, wie in allen Situationen des Lebens. Ich nahm ihre knochige, weder warme noch kalte Hand.

»Sollen sie's halt mitnehmen, Nunu«, sagte ich.

»Natürlich. Sollen sie, meine Kleine. Wenn es nicht anders möglich ist.«

»Ich habe nicht hinunterkommen können zum Abendessen«, sagte ich und drückte ihr um Verzeihung bittend die Hand. »Sei mir nicht böse. Haben sie nicht gestaunt?«

»Nein. Sie haben eher nur geschwiegen. Ich glaube, gestaunt haben sie nicht.«

Jetzt schauten wir in die flackernde Kerzenflamme. Mir war kalt.

»Nunu, mein Liebes, laß bitte die Storen herunter. Und dort auf der Kommode sind drei Briefe. Gib sie mir, sei so lieb.«

Sie bewegte sich langsam durch das Zimmer, und manchmal wuchs ihr Schatten an der Wand riesenhaft an. Sie machte das Fenster zu, brachte mir die Briefe, deckte mich zu und setzte sich wieder auf den Bettrand, wieder mit verschränkten Armen und ein bißchen feierlich, als wohne sie einem bizarren Fest des Lebens bei … einem ungewohnten Fest, weder Hochzeit noch Begräbnis. So saß sie und schwieg.

»Du verstehst es, Nunu?«

»Ja, meine Kleine, ich verstehe es«, sagte sie und umarmte mich.

Wir saßen und warteten darauf, daß die Kerze abbrannte; oder daß der Wind nachließ, der seit Mitternacht um das Haus pfiff und am zerzausten Laub der Bäume riß; oder daß es Morgen würde. Ich weiß selbst nicht, worauf wir noch warteten. Ich schlotterte.

»Du bist müde.« Sie stopfte die Decke um mich fest.

»Ja«, sagte ich. »Ich bin sehr müde. Weißt du, das alles war zuviel. Ich möchte schlafen. Nunu, Liebes, lies mir doch diese drei Briefe vor.«

Sie griff in ihre Schürzentasche, holte ihre Drahtbrille hervor und betrachtete aufmerksam die Briefe.

»Die hat Lajos geschrieben«, sagte sie.

»Erkennst du die Schrift?«

»Ja. Hast du sie jetzt bekommen?«

»Ja.«

»Wann hat er sie geschrieben?«

»Vor zwanzig Jahren.«

»Kann die Post etwas dafür, daß du sie erst jetzt bekommen hast?« fragte sie neugierig und eifersüchtig.

»Nein, die Post nicht.« Ich mußte lächeln.

»Wer kann etwas dafür?«

»Vilma.«

»Hat sie sie gestohlen?«

»Ja.«

»Ja«, sagte sie seufzend. »Sie ruhe in Frieden. Ich habe sie nie gemocht.«

Sie rückte die Brille auf ihrer Nase zurecht, neigte sich in Richtung der Kerzenflamme und begann, einen der Briefe mit singender Schülerinnenstimme vorzulesen.

»Meine Einzige«, las sie, »das Leben spielt höchst seltsam mit uns. Ich habe keine andere Hoffnung mehr, als dich auf ewig zu finden ...«

Sie hörte auf zu lesen, schob die Brille auf ihre Stirn und wandte sich mit glänzenden Augen gerührt und begeistert zu mir: »Was der für schöne Briefe schreiben konnte!«

»Ja«, sagte ich. »Lies weiter. Er war ein hervorragender Briefschreiber.«

Aber der Wind, dieser späte Septemberwind, der bis dahin noch eher zurückhaltend um das Haus gestrichen war, riß plötzlich die Fensterflügel auf, ließ die Vorhänge flattern und berührte und verschob alles im Zimmer, als brächte er von irgendwoher eine Nachricht. Dann löschte er die Kerzenflamme. Daran erinnere ich mich noch. Und auch daran, daß Nunu später das Fenster wieder schloß. Dann bin ich eingeschlafen.

(1938)

PIPER

Sándor Márai

Die Glut

Roman. Aus dem Ungarischen von Christina Viragh.
219 Seiten. Geb.

Ein ungarisches Jagdschloß am Fuß der Karpaten – einst prachtvoller Ort für festliche Soireen, wo die mit Kerzen erleuchteten Säle von Chopinscher Klaviermusik erfüllt waren. Doch nun steht es mit seinen zerschlissenen Seidentapeten und blinden Spiegeln für den Verfall einer Epoche. Sein ganzes Leben hat Henrik, der Sohn des Gardeoffiziers, hier verbracht, und nun ist der Augenblick gekommen, auf den er seit 41 Jahren gewartet hat: Konrad kündigt sich an, sein engster Freund aus Jugendtagen, der damals, nach jenem denkwürdigen Jagdausflug, überstürzt ans andere Ende der Welt abgereist war. Endlich kann das Geheimnis gelüftet werden: Welche Rolle hatte Krisztina, Henriks schöne junge Frau, für sie beide damals gespielt?
Einen einzigen Abend, eine einzige Nacht dauert das Treffen der beiden alten Männer. Mit peinigender Offenheit gehen sie den Fragen nach Wahrheit und Lüge auf den Grund. Ähnlich wie Schnitzler oder Joseph Roth vermag es Márai, die Melancholie, die mit dem Zerfall des k.-k.Reiches einherging, heraufzubeschwören

PIPER

Enzo Striano

Die Portugiesin

Roman. Aus dem Italienischen von Barbara Krohn.
478 Seiten. Geb.

Dieser Roman, in Italien mit keinem geringeren als Tomasi di Lampedusas »Leoparden« verglichen, erzählt die wahre Geschichte der Dichterin Eleonora, die die Salons von Neapel erobert, als das Königreich der Bourbonen bereits vom Untergang gezeichnet ist.
»Meu Deus, que calor! Mein Gott, was für eine Hitze!« Als Eleonora sich an dem heißen Augustmorgen, am Tag nach ihrer Ankunft in Neapel, erhob, nahm sie durch die halbgeschlossenen Jalousien das Pferdegetrappel wahr, die Rufe der Marktweiber, den Geruch nach Wein, Fisch und moderndem Wasser. Sie war erfüllt von aufgeregter Erwartung: Das Leben in dieser herrlichen fremden Stadt lag vor ihr, und sie war entschlossen, sich über den Makel, der ihr als verarmter Adeliger anhaftete, hinwegzusetzen. Sie wollte die Salons der kulturellen Elite mit ihren eigenen Gedichten erobern, mit Gedichten, die durchdrungen waren vom liberalen Gedankengut der französischen Aufklärer. Eine große unglückliche Liebe, familiäre Schicksalsschläge und schließlich die dramatischen politischen Ereignisse von 1799 geben Eleonoras Dasein jedoch eine tragische Wende…

PIPER

Antonio Skármeta

Die Hochzeit des Dichters

Roman. Aus dem chilenischen Spanisch von
Willi Zurbrüggen. 311 Seiten. Geb.

Der Salzburger Bankierssohn und Bohemien Hieronymus Franck ist auf der Insel Gema im Adriatischen Meer mit seinem »Kaufhaus Europa« zum Vorboten einer neuen Zeit geworden. Nun fiebert das Städtchen der Hochzeit zwischen dem mittlerweile 50jährigen und der umschwärmten Inselschönheit Alia Emar entgegen.
Mit unbeholfenen Liebesgedichten versucht Stefano Coppeta die Hochzeit abzuwenden, begehrt er Alia doch schon lange selbst. Als sich jedoch die jungen Männer von Gema aufmachen müssen, weil sie im patriotischen Übereifer den Unmut Österreichs erregt haben, hofft Stefano darauf, sein Glück in der Fremde zu finden.
Antonio Skármeta zeichnet das liebevolle Portrait eines ahnungslosen Inselvolks am Vorabend des Ersten Weltkriegs, das beinahe unbemerkt seine Unschuld verliert und sich schließlich auf die Suche macht nach einer besseren Welt auf der anderen Seite des Atlantiks.

PIPER

Alessandro Baricco

Seide

Roman. Aus dem Italienischen von Karin Krieger.
132 Seiten. Geb.

»Ich wollte eine Geschichte schreiben wie weiße Musik, eine Geschichte, die klingt wie die Stille.«
Alessandro Baricco, in Italien schon seit Jahren gefeierter Literaturstar, präsentiert sich erstmals dem deutschen Publikum mit einer poetisch-zarten Parabel auf die Liebe: Sie ist leicht und elegant wie ein Seidenschal auf den Schultern einer schönen Frau.

»Der Roman Alessandro Bariccos ist gewebt, wie der Stoff, um den es geht: elegant und nahezu gewichtslos. Die Geschichte ist komponiert wie ein Musikstück, jedes Wort scheint mit Bedacht gewählt, jede Ausschmückung, jedes überflüssige Wort ist fortgelassen. Das schmale Buch bekommt durch diese Reduktion seine außergewöhnliche Dichte, seine kühle, in manchen Passagen spöttische, zugleich seltsam melancholische Stimmung.«
Sabine Schmidt, BücherPick

Madeleine Bourdouxhe

Gilles' Frau

Aus dem Französischen von Monika Schlitzer.
Mit einem Nachwort von Faith Evans. 166 Seiten Geb.

Madeleine Bourdouxhes Drama einer zerstörerischen Leidenschaft ist eine Wiederentdeckung von höchstem literarischen Rang. Die leidenschaftliche Dreiecksgeschichte zwischen Elisa, ihrer Schwester Victorine und Gilles ist in ihrer Direktheit und Ausweglosigkeit ein Glanzstück der klassischen Moderne: Sinnlich, kühn – und von kammerspielartiger Intensität. Sie ist von der Schlichtheit und Unentrinnbarkeit einer klassischen Tragödie.

»Schwer zu sagen, was beeindruckender an der Leistung Madeleine Bourdouxhes ist: die kühle Liebe zu ihren Figuren oder die unsentimentale, aber doch fast zärtliche Darstellung ihrer Zerrüttung.«
Die Woche

PIPER

Anita Shreve

Olympia

Roman. Aus dem Amerikanischen von Mechtild Sandberg.
480 Seiten. Geb.

In ihrem neuen Roman erzählt Anita Shreve die auf authentischen Chroniken beruhende Liebesgeschichte zwischen einem 15jährigen Mädchen und einem 41jährigen verheirateten Arzt zu Beginn dieses Jahrhunderts.
Fortune's Rocks, 1899: Ein luxuriöses Sommerhaus an der herben Küste Neuenglands ist der Schauplatz dieses Dramas einer besessenen Leidenschaft. Olympia, behütete Tochter eines wohlhabenden Verlegers, ein Mädchen von ungewöhnlicher Intelligenz, Reife und Schönheit, erlebt die Liebe wie ein Naturereignis, als ein Freund ihres Vaters zu Besuch kommt. John Haskell ist nicht nur ein bekannter Arzt und engagierter Kämpfer gegen soziale Mißstände in den nahe gelegenen Textilfabriken – er ist auch verheiratet und Vater dreier Kinder. Doch das Wissen um ihr moralisches Unrecht hindert die beiden nicht daran, in einen Strudel großer Gefühle abzutauchen, deren Folgen unabsehbar werden.

Österreichisches Lesebuch

Herausgegeben von Anton Thuswaldner. 392 Seiten. Geb.

Österreich ist anders – daß es besonders ist und schon immer war, davon erzählt niemand besser als seine Autoren. Von Wiener Kaffeehäusern und der berühmten Melange, dem Charme der k.u.k.-Zeit und dem Leben auf dem Land lesen wir bei den ganz Großen der Literatur von Franz Werfel bis Arthur Schnitzler und von Robert Musil bis Hugo von Hofmannsthal. Weltläufigkeit und Melancholie, Anarchie und Anpassung sind bis heute bestimmend in den Texten von Josef Haslinger bis Christoph Ransmayr und von Thomas Bernhard bis Franzobel.
Das »Österreichische Lesebuch« versammelt sie alle. Mal verspielt, mal ernsthaft, mal amüsant oder sentimental zeigen sie die Seele Österreichs.